寝苦しくて
目が覚めたりしたわけであります。
原因はわかってるんだ。
うん、クロなんだ。
ええ、私、抱き枕状態です。
（本文P．173より）

後は簡単だ。
大きく開けたその口に
『炸裂弾《バーストダガー》』を3発も
撃ち込めばいい。
（本文P．123より）

「リリーには悪いけど、
デートの邪魔しちゃって
ごめんねー？」（本文P. 241より）

よくわからないけれど
異世界に転生していたようです
4
あし
Illustration カオミン

CONTENTS

挿絵：カオミン
デザイン：浜崎正隆（浜デ）

110　はぢめての鍛冶依頼

はーい、翌日ですよー。早速剣作成ですよー。わー、かったるーい。

え？　いやいや、ちゃんとやるよ？　孤児院のみんなの命が懸かってるし、お金もらって受ける初めての鍛冶依頼だし？　やりたくないけど。

……はあ、愚痴っても仕方ないし、さっさとやっちゃおう。とはいえ、いきなりぶっつけ本番っていうのもちょっと問題があるかな？　それならまずはもう少しスキルレベルを上げましょうかね。

ではでは、青空教室を始めた少し前あたりから作り溜《だ》めしてた素材剣320本を一気に魔剣化して経験値稼ぎといきますか！

ポーション片手に色々スキルを使ってどんどん魔剣化していく。ＭＰが切れたらポーション！ぐびー！　げふぅー！

…うん、数が数なので丸々3日も掛かったけど、お陰で【魔剣作成】や付与スキル2種、ついでに属性魔法スキル諸々がレベルアップ。よし、これで一応下準備はおーけー。

◇

さて、今回作る魔剣には武器固有の特殊な必殺技っぽいスキルを付けようと思います。

一応は既に剣の形状や基本的なスキル構成なんかは概《おおむ》ね決まってる。戦う相手もわかってるのである意味特化型の構成なんだけどね。とはいえ、もう一押し欲しい。

いやね、色々と考えて後詰めも兼ねて私もこっそり討伐に参戦するのも手かな、とは思ってみたりもするわけですよ？　【狙撃】もカンストしてるし、ノルンに乗って遠距離から超長距離狙撃とかね？　でも相手の強さを考えると弾は全属性とはいわないにしても、高レベルの火属性剣とか使わないといけないでしょ？　だけど撃ったそれを回収する方法がないんだよね。

証拠隠滅の方法がない以上は身バレの危険性がすこぶる高くなるので、私が行っても意味がない。【ストレージ】で回収？　あれの回収可能距離は視認可能な状態で大体50ｍぐらいまでだから、超長距離射撃した場合だと回収はちょっと無理。

装備品や所持品の類であれば２００ｍぐらいまでは可能だったけど、その場合も視認してないと無理。というわけで遠距離支援攻撃は不可能。使い捨て前提で無属性の『石　弾《ストーンバレット》』を撃つという手もなくはないけど、相手が相手だけに効果はあんまりなさそうだしねえ……？

そもそも騎士団も出るという話だから、私みたいなのが周囲をふらついていたら怒られる。スキルで隠れて行動しても騎士団側にもスキル持ちの斥候とかいるだろうし、普通に見つかりそう。

諦めて顔バレ覚悟で直接参加するのも無理。まず、まともな近接戦闘能力がない。そもそも私はまだEランクだし、それ以前に討伐依頼の年齢制限に引っかかる。

以上の理由により、直接・間接問わずに私自身が行っても何もできない。そうなると依頼品の強化をするしかない。

で、属性諸々を付けた上で更なる強化となると、後は武器固有スキルを付けるぐらいしかない、と。


武器固有スキル、正確には【ウェポンスキル】と呼ばれる特殊な付与スキル。これは武器固有の特殊な能力や必殺技なんかが使えるようになるスキルで、伝説の聖剣だの有名な魔剣だのにたまに付いてたりする強力なスキルだ。武器の性能が微妙でも有用な【ウェポンスキル】が付いてる場合もあったりする。

当然そんなスキル付与は初めてなので、最初は【創造魔法】でごり押し。なんとなくでも感覚が摑《つか》めたら後は【魔剣作成】との併用でなんとかなるはず？　……なるといいなあ。

今回の相手は氷属性なので刀身から火柱が出るような感じのスキルが欲しい。というわけで早速適当な剣で試作…………………んー、一応はできた。できたけど、火力がしょぼそう？

そこからは色々変えてみたり試してみたりしながら実験を続ける。


んー……なんか思うように高火力の攻撃系スキルが付かないなあ……？　スキルレベルが足りな

いのだろうか……？

何度か試してみたけど、現状の私のスキルレベルだと素材剣の属性が火のみの単一属性じゃ無理っぽい感じか……となると、複数属性にするしかない？　んー、ちょっとスキル構成を弄《いじ》るかな……。

うーん、火属性だけじゃなくて風属性との複合にして、風で煽《あお》って火力を底上げする、というイメージが無難なところかな……火属性をＬＶ６ぐらいで付けて、風をＬＶ３ぐらい？　おまけで光あたりをＬＶ１ぐらいで……で、【ウェポンスキル】を付けて？　いや、これでもかなり自重してるからね？　属性付与、今ならＬＶ８まで付けられるからね？

とはいえここまでやってもなんとなく不安が残るので【攻撃強化】、素材がアダマンタイトで重いので【重量軽減】、ついでに【耐久強化】も付けておこうか。この３つは全部ＬＶ３ぐらいで……いや、【耐久強化】はＬＶ５にしておこう。戦闘中に剣が壊れるのは怖い。

剣への付与の構成はこんなところかな？　これで最後に【ウェポンスキル】を……うん、よしよし。いい感じにできそうな感じ。

次は盾の構成か……んー。

こっちはそんなに難しく考えないで【無属性ＬＶ５】【防御強化ＬＶ３】【耐久強化ＬＶ３】【重量軽減ＬＶ３】ぐらいでいいかな。

むむむ、自重を放り投げたい……全部、今の限界レベルまで付与したい……いや、自重、自重。

自重を捨ててはいけない。

さて、構成は決まったし、スキル付与の練習も終わった。お次は新素材の扱いの練習。報酬分のアダマンタイトも前渡しで受け取ってるので、そっちを使って練習する事にする。

取り敢えず片手剣から……あー、なんというか、確かに変な癖がある。妙に硬い？　粘りがないわけじゃないけど、なんというか……うん、とにかく、慣れるまで頑張ろう。

完成したら鋳潰《いつぶ》して、また打ち直して、と繰り返し。途中で報酬の鋼材の残りを追加してバスタードソードや両手剣、槍《やり》の穂先や斧《おの》も作って色々練習してみる。

んー、硬さに癖があるけど、慣れてくると意外と扱いやすい気もするなぁ……？

さて、アダマンタイトの扱いも概ねわかったので、とうとう実際の作成に取り掛かろうと思います。練習だけで3日も掛かったのでここからは巻きで。おりゃあ！

とまあそんな感じで、できあがったのがこちらになります。

『無銘の魔剣』
アダマンタイト製・剛剣・魔剣
【火属性ＬＶ６】【風属性ＬＶ３】【光属性ＬＶ１】【攻撃強化ＬＶ３】【耐久強化ＬＶ５】【重量軽減ＬＶ３】【ウェポンスキル：火焔竜《かえんりゅう》】

『レックレス』
アダマンタイト製の魔法の盾
【無属性ＬＶ５】【結界魔法ＬＶ３】【防御強化ＬＶ３】【耐久強化ＬＶ５】【重量軽減ＬＶ３】

『隠蔽のマント』
【隠蔽ＬＶ３】【偽装ＬＶ３】【隠身ＬＶ５】

うーん……色々自重したつもりなんだけど、ちょっとやり過ぎた感が否めない気がする。とはいえ、このくらいはやっておかないと不安が残るのも事実なので、非常に悩ましい。ちなみに作成には丸二日掛かりました。

剣はいい名前が思いつかなかったので特に命名していない。というか前世の頃からネーミングセンスに自信がないので……。

剣自体は運が良いのか悪いのか、うっかり剛剣なんてできあがってしまった。

【ウェポンスキル】は火を竜巻で煽って火力を上げる感じという事でこんな名前にしてみた。本来は遠距離範囲攻撃スキルなんだけど、今回は剣をぶっ刺して体内から焼き殺してやんよ！　って感じで使う。

ちなみに【ウェポンスキル】は剣に込められた魔力か、使い手のHPかMPを使って行使する。スキルの強さにもよるけど、【火焔竜】の場合は一発使うと剣の魔力がほぼ空になる。その上、剣の魔力回復には1ヵ月以上掛かるぐらいに時間が必要。そのくらい燃費が悪いので使い手のMP消費で使ったとした場合だとその場で昏倒《こんとう》する可能性もある。

一発で仕留められればいいけど、そうならなかった場合はほぼ間違いなく死ぬ事になるので、ちょっとギミックを仕込んでみた。

鍔《つば》の裏側あたりに350ml缶ぐらいのサイズの円筒状の物体が二つ取り付けられてたりする。これは魔力電池みたいなもので、この電池に込めた魔力を消費する事でスキル行使が可能になる。

この電池もどき一つでスキルが1回使える。つまり、電池2個、剣の魔力、使い手のMPと最大で4連発できる。4回も使えれば流石《さすが》に倒せると思いたい。

ちなみに電池に込める魔力も満タンにするのに1ヵ月以上は掛かるので、乱発するのはお勧めしない。というかそもそもの話、【火焔竜】の火力はかなりやばい事になってるので使うにしてもかなり状況を選ぶ。

電池の予備？　いや、材料の魔石、私の持ち出しだから……電池一つにコカトリスの魔石2個も使ってるのでこれ以上の数は作れませんでした。他にも作りたいものたくさんあるし……。

あ、『電池』とか『充電』ってのは過去の天人が電池の概念を説明する時にこの単語を使って説明したのが始まりなので、そういうものとして普通に使われてるからね、一応。

でもまあ、紛らわしくはあるか……『カートリッジ』は、色々まずい気がするので、うーん……

『バッテリー』？　意味的には電池と同じだけど。暫定で取り敢えず『バッテリー』にしておく？

あー……なんか言いづらいし、もう『カートリッジ』でいいや。


盾は新たに【結界魔法】を追加。【解析】で剣の【ウェポンスキル】を調べた感じだと、火力が強過ぎて至近距離で使うと色々まずい事になりそうだったので、自衛のために付けてみた。

竜殺し戦法で行くとなると、腹の下に潜り込んで剣をぶっ刺して体内を【火焔竜】で焼くわけなんだけど、ゼロ距離だと剣の使い手も焼かれる事になってしまうのですよ。いや、【火焔竜】って元々中・遠距離用なので……ここはどうやっても上手《うま》く調整できなかった。だから盾の方で自滅対策。火属性を付けて無効化を狙うのもありだったんだけど、一応依頼主の希望を優先した。それに無属性なら汎用性もあるしね。

だけどそんな馬鹿丸出しの作戦に使う盾なので、『無謀《reckless》』の盾。皮肉全開で我ながらどうかと思う。

マントはおまけ。こそこそお腹の下を目指して移動するのに便利かなー、と。


……いや、これでも本当に自重してるからね？　全属性にしてないし、属性付与もＬＶ８までいけるのにそこまで上げてないし、属性以外の他のスキルも今はＬＶ６まで付けられるのに付けてないから、かなり抑えてるからね？

ところで、今回色々やってる最中に【魔法効果増幅】と【魔力圧縮】なるスキルを覚えてた。箇単に説明するとどっちも魔法の威力を向上させるスキル。うーん……ＭＧＣもＭＰもかなり伸びたし、大分人間離れしてきた気がするなあ……。

それはともかく、さっさと引き渡してお役御免となりましょうか。そうと決まれば即行動！　親方に連絡してもらって、ベクターさんを呼んでもらった。

◇

「完成したって聞いたけど、本当かい？　頼んだものの仕様とかを色々考えると、物凄く早い気がするんだけど？」

「えーと……頑張ったので？」

おうっふ、自分の製作速度が速過ぎる事を忘れてた！　とはいえ練習に6日、作成に2日の計8日、剣だけなら実質1日で作ったなんてとても言えない。よし、いつものように首をかしげて誤魔化し顔だ。よくわかりません！　私、子供なので！

「そう？　……そうだね、頑張ったなら……ある、のかな？　……うん、それじゃあ見せてもらえるかい？」

うんうん、細かい事は気にしたらだめだよ。

「はい。こちらになります」

ベクターさんは剣を受け取ると早速鞘《さや》から抜き放ち、刀身を眺め始める。そしてその顔が見る見

るうちに驚愕《きょうがく》に彩られていく。

「こんな……こんな凄まじい剣は、見た事がない……それに恐ろしく手になじむ……これを、本当に君が？」

「ええ、まあ。お陰で色々と苦労はしましたが、なんとか。そしてこちらが盾になります」

次に盾も渡す。こっちも目を見開いて驚いていた。

「こちらのマントはおまけです。それぞれの能力についてですが……」

畳み掛けるように性能も開示。聞いていた戦法に合わせるように色々調整してあるので、そのあたりも説明した。このあたりは嘘吐《うそ》いたりするのもまずいので包み隠さず伝える。魔剣の魔力電池の説明ではもう目が飛び出るんじゃないかと不安になるぐらいに驚いていた。というか『カートリッジ』で通じる事に私が驚いた。

「討伐は12月の頭頃と言っていたので、扱いの習熟期間を置くためにも急いで作りました。【ウェポンスキル】の試し撃ちはしておきたいでしょうし、カートリッジへの魔力の再補充にも一月以上掛かりますから」

「それは助かるけど……いや、しかしこれだけ強力なスキルを複数回使えるというのは凄まじいね……なるほど、魔道具とかも魔力充填《じゅうてん》式だし、少し考えてみれば思いついてもおかしくはないか……でもそれを実際扱えるレベルにまで落とし込んであるというのは……」

お褒めにあずかり恐悦至極。でもまあそれはそれとして――。

「依頼の品はこれで問題ないでしょうか？」

「うん、想像以上だよ。問題ないどころか色々と作戦を上方修正しないといけないぐらいに素晴らしい出来だよ！」

「では、約束どおり……」

「わかってる、こちらもきちんと対応するよ。君の事だからニールの事が気になってるんじゃないかなと思うんだけど、彼に関しても問題ないよ。他の仲間達に関してもね。だからそっちの方も安心してもらって構わない」

あー、そっちもちゃんと対応してくれてるのね。それは助かる。

それと、実はここ最近工房の周辺に微妙に怪しい人達がいたりするんだよね。こっそり【鑑定】と【解析】で確認してみたところ、どうやらベクターさんが手配してくれた王族護衛の隠密っぽい人だった。私がたまたま気付いたのもノルンのお陰だったりするので、流石という他ないくらいに優秀な人達の模様。所持スキルも凄かった。というか、剣ができあがらないうちから周辺警護の手配をしてもらえていたとなると、それなりに信用しても大丈夫じゃなかろうか？　いや、でも、うーん……一応逃げる覚悟はしておこうか。

「ところで、この剣に名前は付けないのかい？　良かったら是非付けて欲しいんだけど、だめかな？」

ええー？　ネーミングセンスに自信ないんだってーの！　自分で付けていいのよ!?　ああああ、じゃあなんんだ、あれだ、燃える剣なんだから……えーっと、えーっと、火、炎……『ファイア』？　『フレイム』？　『バーニング』……？　……『ブレイズ』？　あー……造語になっちゃうけど……。

「では、『ブレイザー』で……」

ブレザーじゃないよ！　ブレイザーだよ！

「『ブレイザー』か……いいね」

はい、満足そうなイケメンスマイルいただきましたー！　といっても全然嬉《うれ》しくない！　まったくもってどうでもいい！

というかこう、どこか気恥ずかしい命名に厨二《ちゅうに》心が刺激されて過去の黒い歴史を思い出してしまう……！　心が痛い！　誰か助けて！

◇

その数日後、王都近郊の平野部外れの方で巨大な火柱が立ったそうな。あー、試し撃ちしたのね。

更に数日後には冒険者ギルドはベクターさんの魔剣の噂《うわさ》で持ちきりだったとかなんとか。ちなみにアルノー親方の伝手《つて》でダンジョン産の強力な魔剣を運良く手に入れた、という話になってるらしい。

なお剣の性能については色々誤魔化している模様。うん、ばれたら色々面倒な事になるからね、私が。

このまま平和だといいなあ…………………………はぁ。

111　え？　やっぱりこうなったって？　うっさい！

ベクターさんに剣を打ち、その後はいつもどおりに親方経由で大量の鋼材を購入して素材剣の大量生産をして過ごす事、数週間。

11月に入ってすぐぐらいの頃に冬の主の大規模討伐依頼が出されたらしい。参加条件が色々決まってるらしいけど、私は元々受けられないので正直詳細はどうでも良かったりするから、そちらは割愛。適当過ぎるって？　仕方ないよ、性格だもの。

ただ、いざそういう情報が出回り始めるとだんだんと不安になってくるわけで。

私の造った剣でなんとかなるのだろうか？　いや、別にベクターさん一人で戦うわけでもなし、他にも大勢の冒険者もいるし、騎士団だって出るんだからなんとかなるとは思うんだけど……いや、でももしも倒せなかったら？　街の住人の避難とかどうなってるの？

色々と情報を集めたところ、オニールの住人は別に避難などはしてないらしい。親戚や知り合いがいる別の街に自主的に避難する人はいても、行政側では特にそういった対応はしてないとの事だった。

討伐失敗した後に避難勧告を出しても、冬の真っ只中《ただなか》に、冬の主の影響で発生した豪雪の中を逃げるとか、無茶過ぎじゃない？　何考えてるの？

とはいえ、頼る当てもない人だって大勢いるわけで、日々の暮らしもある。冬越えの用意でお金を使って蓄えも乏しい中、他所《よそ》に移るなんて難しい。

そういった諸々を考えるとこの対応も間違いじゃないというか、妥当というか……そういう状況を考えれば、孤児達が逃げる先なんてあるはずもなく……。

ああ、一体どうすれば……？

情報を集めたら集めたで却って悶々《もんもん》とする羽目になり、鍛冶修業にも手が付かなくなって数日経った頃にトリエラ達女子メンバーが私を訪ねてきた。

「というわけで、レンちゃんも一緒に行こう！」

いや、どういうわけ？　意味がわからないよ？

詳しく話を聞いてみたところ、冬の主討伐の話を聞いたトリエラ達は全員で孤児院の様子を見に一時帰省しようという事になったらしい。

更に色々聞いてみると、討伐が失敗した場合に皆を連れて逃げるためだとかなんとか。

なるほど、その手があったか！

ちなみに私を連れていく派はリコ、アルル、クロ。反対派はトリエラ、マリクル、リュー、ケイン。ボーマンはいつもどおり、どっちでも良い派。

反対派が反対する理由は当然、私の事が出資者の商人にばれないようにするため。トリエラが言うには、孤児院の面々は私の事を洩《も》らしたりはしないだろうけど街の人の噂《うわさ》になってそこから知られる可能性があるから、という話だった。

なんでも、実は私は街の子供達にモテモテだったらしい……全然気付かなかったんだけど、マジで？

そうなってくると、たとえ顔を隠していてもトリエラ達と一緒に帰ってくればそれだけで怪しいし、それで街の子供達に感づかれたらそこから親の方に話が行くかもしれない。

例の商人はオニールに小さい支店も出してるので、世間話などでそこまで話が回るかもしれないとかなんとか……うん、確かにそのとおりになりそうな気がする。

でも非常時の避難の援護のため、と聞いて私はもう行く気満々になっていた。何か他にできる事がないかって悶々としていたところに、自分でもまだやれる事があったとなっては動かざるを得ない。要は街に入らなければ良いんだから、どうとでもなる。

というわけで、私も同行する事にした。

「本当にいいの？　見つかるかもしれないんだよ？」

「大丈夫です、トリエラ。対策はちゃんと考えてあります」

オニールの街から少し離れた所にそこそこ深い森があるので、その奥で自宅を出して野営すれば良い。それは野営とは言わないって？　いや街の外で寝泊まりするんだから野営でしょ？　とはいえ、そんな計画は今はトリエラには伝えない。

トリエラ達の準備はほぼ終わってるとの事なので、翌々日には王都を出る事になった。親方達は渋い顔をしてたけど、育った街が気になるし恩師の安否も心配だと言えば反対はされなかった。

◇

色々と準備を整えて翌々日、各人王都西門前に集合し、合流。そのまま外に出てしばらく徒歩移動。

歩きながら少し話を聞いてみると、トリエラ達は一旦大家さんに鍵を預けてきたとの事だった。家賃も先払いして家の維持管理をお願いし、食料品は全て持ってきて薪《まき》や日用品は置いたまま。毛布や毛皮など、最低限の防寒具や野営用の道具だけ持ってきたそうだ。男子メンバー全員が大荷物を背負ってるのはそういう理由らしい。

11月も半ばになっていて既に雪が降っており、冬の主が出た年の過去の積雪量を考えるとはっきりいって徒歩移動は自殺行為。

とはいえ、今もオニールへの食料品などの資材搬入は続いており、街道の雪は踏み均《なら》されていて移動する分には例年に比べればまだマシ。いや、ぐちゃぐちゃになって泥道になってる所もあるから、考えものかもしれない？

まあ、私はそんな道を歩いていくつもりはないんだけど。体力ないしね？　というか今もノルンに乗ってるし。いやあ、最近は抵抗なく乗せてくれるようになりましてねえ……もふもふ最高ッス。

と、そんな感じで王都から1時間ほど歩いたあたりで街道からやや離れた所に林でもないか探す。うん、馬車を出そうかと思いまして。

「レン、何か探してるの？」

足を止めてきょろきょろと見回してたらアルルに声を掛けられた。

「ちょっと見晴らしの悪い林でもないかなと思いまして」

「……あ、もしかしてトイレ？　寒いもんね」

……違う！　そうじゃない！

軽く否定しても信じてもらえなかったので説明するのは諦めた。でも代わりに他の女子の面々もトイレ休憩したいと言い出したため、全員で手頃な林を探す事に。

「面倒くさい、別にその辺ですればいいだろ」

「バッカ、ボーマン！　こういうのはそういうもんじゃねーんだって！　だめだな、お前！」

「リューに馬鹿にされた……つらい。寒いしもう寝たい」

ボーマン……やはりだめな子のままか。そしてリューが紳士っぽい事を言っててちょっと感心。成長したねえ……うんうん。でも、こっちに聞こえないように声を小さくするともっと良かったと思うよ。

更に15分ほど進んだところでいい感じの林を発見し、女子全員でこそこそと茂みの陰に……男子は街道で待ちぼうけ。あっちもあっちで用を足したいみたいだけど、女子優先である。野郎は女子より我慢できるでしょ？　頑張れ！

私以外の女子が順番で済ませてる間に【ストレージ】から馬車を取り出す。ちなみに工房にいる時にちまちまと改良を重ね、色々と高性能になってたりする。

そして、そんなものを取り出せば当然みんなに驚かれる。

「ちょ、何それ⁉」

「馬車です」

「馬車って、どこから……っていうか馬⁉　人も乗ってる⁉」

「ゴーレムですよ。みんな終わりました？　寒いので早く乗りましょう」

「いやいやいやいやいや⁉」

説明するのも面倒なのでさっさと押し込んで街道に戻ろうとしたけど、拒否反応が激しいので仕方なく御者ゴーレムの方は仕舞って私が一人御者席に乗って移動する事に……そして馬車を見た男子面々がトリエラ達と同じ反応を返してくる。その反応、流石《さすが》にもう飽きたからさっさと移動しよう？

説明は道中追い追いすると言いくるめて、いいから早くしろと急かしてなんとか馬車に乗せる事に成功。

ちなみに馬車に乗ってるのは女子のみ。野郎どもは歩け歩け！

とはいっても男子メンバーが背負ってた大荷物は馬車の収納スペースに格納してあげた。私も流石にそこまで鬼畜ではないのです。

馬車に搭乗できる箇所は中に座席３つ、御者ゴーレムは使わないので収納すれば御者席に２人。御者席の後部スペースはベルが丸くなってるし、屋根の上はノルンの指定席。うん、大分はみ出てるけど、まだぎりぎりなんとか……？

席決めは特に揉《も》める事もなく、持ち主の私は常に中に座る事になり残りの４ヵ所は交代で女子が使用する事になった。

なお、改良によって馬車のサイズも若干大きくなってるので以前よりも余裕を持って座れるようになっており、快適さは向上してたりする。

野郎連中は背負い荷物がなくなったので毛布と毛皮のマントを二重に羽織って防寒対策。いや、馬車がもう１台あれば良かったんだけどね……ないものはないので、仕方ない。

私が女子に甘い事を知ってるので男性陣からは文句は出なかった。成長したではないか！　でも馬車に乗れない分、休憩の時には温かい飲み物とかサービスするから、頑張れ！

◇

雪中行軍は非常に体力を消耗するので休憩は小まめにとる。馬車の移動速度は徒歩の男子達に合わせてるのでそんなに速度を出せない。いくら私でも雪の中を走らせるほど鬼ではないよ。

街道脇に馬車を移動させて停車し、馬車の横合いに骨組みを組んで簡易型のオーニングテントを張り、雪避けにして休憩。折りたたみテーブルと椅子も出し、男子にお茶と軽食を振る舞う。

「くわー！　あったけえ～！」

「寒過ぎる……手と足が痛い……」

防寒仕様のブーツや厚手の手袋で対策はしていても、やはりこの降雪の中の移動は堪《こた》えるようでマリクルとケインは無言でお茶を啜《すす》っている。ブツブツ文句を言えるリューとボーマンはまだ余裕ありそう？　というか無駄に体力使わないようにした方がいいと思うよ、いや本当に。

なお、馬車の内部は私謹製の小型暖房魔道具により快適に過ごせるようになっている。御者席も背中側には温風が当たるようになってるのでそこまで辛《つら》くはない。

「うーん、せめて御者席の方は男連中もローテーションに入れてやれない？　中に同乗するのはレンが嫌がるだろうから諦めるとして」

「寒さできつくなるのはトリエラ達なので、トリエラ達が構わないというなら別にいいですよ」

「あれ？　反対されるかと思ったのに、いいの？」

「ちょっとこの寒さはしゃれにならないので……目の前で死なれると私も流石に」

「それもそうだね。っていうか、前のあれですっきりしたから当たりきつくするのやめただけでしょ？」

「……はぁ、トリエラには敵いませんね。まあ、そんなところです。少しは手加減してあげようかと？　リューも成長してますし」

ちょっと甘い気もするけど、気にし過ぎるのも逆に疲れるので少しだけ肩の力を抜く事にしたんだよね。でも自分の性格を考えるとそれは逆に毒舌率が上がりそうなだけの気もするんだけど。

というか、あの二人に関してはもうどうでもいいって気持ちが出始めてたりする。勝手にやってろ、私はもう知らん。


小休憩の後、トリエラの提案を私が受けた事を聞き、リューが大喜び。流石にきつかったらしい。男子とはいえ私より年下だしね……そりゃつらいか。

徒歩組も入れ替わり立ち替わりで交代するようになった事で移動速度が上がり、今日は思ったよりも移動距離が稼げた。だけどこのままだとオニールに着くのに1週間近く掛かりそうな感じ？

うーん……地図がないからよくわからないなあ……。

◇

何度か小休憩を挟みながら移動していくうちに日が落ち始め、丁度いいタイミングで野営地に着いたので今日はここで休む事になった。私が馬車の中で眠れると説明したところ、やはり驚かれた。

ちなみにトリエラ達はまともなテントを持ってないので焚《た》き火《び》を囲んで固まって寝るつもりだったらしい。いや、それ死ぬでしょ⁉

馬車を使えば5人は寝られるけど、4人は外で寝る事になる。まさかちゃんとしたテントを持っていないとは……！　そのテントとやらを見せてもらったけど、これをテントと呼ぶのは、流石にちょっと……。

朝起きたら凍死してました、なんて事になったら流石に寝覚めが悪いので、即興で折りたたみテントを2張り作成し、男子に使わせる事に。あ、即興で作ったとはいっても骨組みはがっちりしっかりしてるのを作ったから、雪の重さで潰《つぶ》れるって事はないからね、多分。

テントのサイズは2人が横になれるサイズなので、これで男子4人もなんとかなるはず？　大層感謝され、後で買い取りたいとの事なので譲渡する方向で話がまとまった。

食事はトリエラ達がローテーションで作ると言ってきたんだけど、そこは私が譲らなかった。私一人だけ馬車の中でぬくぬくとしてたので、少々ばつが悪くてね……とはいっても女子は手伝いを申し出てきたのでそれは受ける事にする。それなりの人数分作るとなると手は多い方がいいし。

男子も手伝うと言ってきたけど、あまり人が多くても逆に邪魔なので薪拾いに行かせる事で役割分担。女子も手伝いは一人いれば後は邪魔になるだけなので、手の空いたメンバーは適当に設営作業をさせる。まあ、竈《かまど》とかは私の土魔法で一発なんだけど……。

設営自体は割とすぐできる。

馬車の御者席は、開放されてる前面部になめし革のシートを張って密閉する。小休憩の時と同じように雪避けに馬車の左側面にオーニングテントを立てて、その正面に焚き火用の石組みを作ってその更に向こうにテントを一つ。馬車から焚き火側を見た時の左側にもう一つテントを張り、なるべく密集するようにする。

調理用の竈は焚き火に併設。馬はゴーレムなので世話も雪避けの準備も必要ない。普通の馬車の人達は大変だねえ……。

　ぼちぼち手を抜きつつ食事を用意し、さっさと食事を済ませる。お風呂に入りたいけど流石に無理なので、諦めてリリーさん達と旅してた時と同じように私の【洗浄】で済ませた。風邪を引かれても困るし、臭くなられても嫌なので男子も処理する。私の慈悲に感謝するがいい！

「……【洗浄】って、誤魔化し程度の効果しかないんじゃなかったっけ？　ちょっと効果が凄過ぎて、意味がわからない……」

　あー、それ、私も疑問に思って色々研究してみたんだよね。

　多分魔力が低いからとか、知識がないから効果が弱いんじゃないかなとは思ってたんだけど、魔法ってかなりの部分が術者のイメージに頼ってるみたいでね？

　色々試してみた結果、前世が知識があって想像力が豊かな現代日本人だった私は、凄まじく高い効果を得られるようになったのだ！　そこに天人由来の高過ぎる魔力！　これもチートの一種じゃない？

　でもやっぱり気分的にお湯で拭うとかはしたいなあ、って思うのは日本人だからでしょうかね？

　不寝番はノルン達がやってくれるので、警戒もせずに早めに就寝。早く起きれたらそれはそれで早めに移動開始すればいいだけなので、特に反対意見もなくみんな寝る事になった。

　テント組の男子には即興で湯たんぽを作って持たせた。最初は焚き火で石でも焼いて布に包んで持たせようかと思ったけど、すぐ冷めるので長持ちした方がいいだろうという事で変更。

ちなみにこれも欲しがったのは言うまでもない。あー、はいはい。後で売ってあげるから、ちょっと落ち着け！

私達以外にも野営してる馬車が20台ぐらいあったけど、不審者がいればノルンが嚙《か》むだろうから問題なく安眠である。

それじゃ、おやすみー……ぐう。

112　根回し？　いいえ、賄賂《わいろ》です。

あーさー。

んあー……眠い……そしてまたしても私が一番乗り。君ら、遠出して野営とか無理じゃない？　死ぬんじゃない？

いや、そのあたりは皆自分でなんとか頑張ってもらうしかないか……あれ？　冷静になって考えてみると、あのボロテント一つしかなかったって考えると、私が同行してなかったら皆本気で死んでた？　うわ、よく同行した、私！　偉い！

っていうかあの子達、ちょっと後先考えてなさ過ぎててやばい気がするので、後で説教でもしておかないとまずい気がする。

さてさて、一人馬車の外に出て身支度。といってもいつもどおり【洗浄】一発で完了なんだけどね。

ちなみに毎度の事ながら馬車の外ではフードで顔をガードしてたりする。ついでに収穫祭の時に使ったマフラーで口元もガード。長い前髪に眼鏡も合わせて鉄壁の守りである。

ああ、そうそう。マントは色々アカンので昨夜のうちに外套《がいとう》に改良しました。二重構造で腕を出したりできるようになってる奴。インバネスコートとかそういう奴ね。いや、雪が降る中で普通のマントで作業してると前面が開いて服が濡《ぬ》れるというね……。

今まで気付かなかったとか、間抜け過ぎる、私……。ほら、雨の日とか普通に引き籠もってたからさあ……。

でも普通は雨の日とかわざわざ出かけないし、仕方なくない？

自分の間抜けさに少しへこみつつ軽くあたりを見回すと、かなり雪が積もってて普通にやばい。夜半に降雪量は大分減ったみたいだけど、それでも私の腰の上のあたりまで積もっててやばい。というか馬車の扉を開けるのが普通につらかった。

取り敢えず馬車とテントで囲ってる焚《た》き火《び》跡周辺の雪を【ストレージ】に収納して除雪して脱出。

むう、テントも半分くらい埋まってるけど、凍死したりしてないよね……？　潰《つぶ》れた様子はないし一応防寒というか、ちゃんと密閉構造にはしておいたんだけど。

生きてればそのうち起きてくるだろうから放置しておいて、焚き火跡に火をおこして薬缶《やかん》でお湯を沸かす。薬缶も一つじゃなく3つ。9人もいるから、お茶のおかわりとかですぐなくなるのだ。

うーん、馬も埋まってる……。お湯が沸くまでの間に周りの雪をなんとかしようかな？　とはいえ離れた所にそれなりの数の馬車が止まってるし、その周辺にも大きいテントがいくつも立っている。私達以外にも複数の隊商が野営してるので、実はそれなりに周りに人が多い。

いつそっちの人達が起きてきても不思議ではないので【ストレージ】は使わずに火魔法と風魔法

を同時に使って熱風を起こし、雪を溶かしていく事にした。

ついでにノルン達に朝ご飯も用意した。今日は調理済みのオーク肉の塊。流石《さすが》に雪の中を狩りに行かせるのもねえ？　いや、当人達は行きたがってたんだけど、警戒もお願いしたいから我慢してもらった。


馬車の周囲の雪を一通り溶かし終わった頃にリューが起きてきた。こやつ、相変わらず朝は早い。いや、良い事だけどね？　こういうところは不寝番向きかもしれない。

「お、おはよー、レン」

「おはようございます。相変わらず早いですね」

「あー、前に木剣もらってから朝飯前に素振りするようになって、早起きするの完全に習慣になったんだ。でも今日はどうするかな……」

「やめた方がいいと思いますよ。汗で身体が冷えて風邪を引くと思います」

「うーん、やっぱりそうだよなあ……仕方ない、旅の間は諦めるしかないかー」

焚き火の火を強くしながら雑談しつつ、ぼちぼち朝食の準備も始める。おしゃべりしながらもリューは身支度を進めている……ちらりとリューを見てみると、腰には短身の方の剣が。

「剣、身に着けてるんですね。もう一振りはどうしました？」

「一応野外だし、警戒はしておいた方がいいだろ？　レンの従魔がいるからあんま意味ねーかもだけど。長い方は邪魔になるから荷物と一緒にしてあるよ。つっても野営の時はテントに持ち込んでるけど」

うーん、色々考えるようになってるなあ……偉い偉い。

「あ、飯の準備？　薪《まき》足りるか？　取ってくるか？」

「昨日集めた分で足りますから、大丈夫ですよ。それよりも調理を手伝ってください」

「え？　俺がか？　俺で大丈夫か？」

「食事の準備って全員で持ち回りでやってるんでしょう？　経験を積むと思って手伝ってください」

「う……わかった、頑張ってみる」

「何か食べたいものありますか？」

「え？　俺が食いたいもの？」

「はい。食べた事がないものでも食べてみたいものとかでもいいですけど」

「いいの？　マジで!?」

「はい」

「え、じゃあどうしよう……前に食わせてもらったあれもいいし、あれも……ああ、でも色々聞いた奴も食ってみたいし」

む、考え込んで悩み始めた。時間掛かりそうだし、適当に作り始めておこう。取り敢えず、寒いしがっつり食べて体力付けておきたいし……よし、前に作った肉団子のスープでも作ろうか。

「リュー、これで挽《ひ》き肉《にく》作ってください」

「お？　うん、わかった……もしかして、前に作ってくれたスープ？」

「はい」

「あれ、凄く美味《うま》かったよなあ……」

ニヤニヤしてるリューが挽き肉を作ってる間に野菜を刻んだり鍋《なべ》を火に掛けたり。うーん、お米は炊いてあるのがあるけど……。

「リュー達はパンとか持ってきてます？」

「ん？　固焼きパンは持ってきてあるぞ」

じゃあそれでいいか。私も適当にパンにしよう。となると後はおかずだけど……。

「食べたいものは決まりました？」

「うーーーーーーーん………食べてみたいのが多過ぎるし、見かけただけでよくわかんなかったのもあるし……」

「……じゃあ、前に勉強見てた時に作った肉のサンドにしましょうか」

「あ！　いいな！　あれもすっげー美味かったし！　じゃあそれで！」

ふんむ。じゃあフライパンを出してあれこれ準備。手の空いたリューには全員分のパンを持ってきてもらって薄切りにしてもらう……何気に危なげもなくやれてるあたり、色々努力の跡が見られる。

薄切り肉をおろし生姜《しょうが》のタレに漬けてる間に肉団子も焼き上げてスープに投入。後は煮込むだけ。

さて肉を焼こうか、というタイミングでトリエラとマリクルがほぼ同時に起きてきた。

「２人とも、おはようございます」

「あれ？　レンだけじゃなくってリューも？」

「……リュー、お前が手伝ってたのか？」

「おー、2人ともおはよー。俺だってやる時はやるぞ？」

「……ちゃんとできてるのか？　不安だ……」

「それはひでーよ、マリクル⁉」

「味付けとかは私がやってますから、大丈夫ですよ。リューには下拵《したごしら》えとかを手伝ってもらいました……刃物の扱いも思ったよりもしっかりしてましたね」

「う……リューがレンに褒められてるとか……やばい、私もっと頑張らなきゃ」

「トリエラもひでえよ……」

おおう、リューが涙目になってる。でも過去の行いが色々とあれだからねえ？

なんやかんやとやっているうちに女子も全員起きてきて食事の準備も終わり、マリクルが未だに寝てるケインとボーマンを叩《たた》き起こして朝食タイム。朝からがっつりと食べられて全員満足そう。

ちなみに私が食事の準備をしてる間に周囲の隊商の馬車からも人が起きてきて、色々と準備をしていた。恨めしそうにこっちを見てた人もちらほら。匂いのせいですね、わかります。

食事が終わったらお茶を配り、説教タイム。

考えの甘さや準備の足りなさなどを懇々と説教した。実に30分以上。全員が涙目になって俯《うつむ》いていたけど、まだ足りない。いや、君達全員死ぬところだったんだからね？　本当にわかってる？

「帰ったらギムさんに頭を下げて、野営のやり方を教えてもらうようにしてください。不寝番の練習もちゃんとするように。そもそも、こんな冬の長距離移動で……」

「おいおい、お嬢ちゃん、もうそのくらいにしてやりな！　そいつらもいい加減理解しただろうさ」

……誰？　髭面《ひげづら》のおっさん？　って、隊商の護衛っぽい人か。

「……まだ言い足りないんですが」

「いやいや、もう1時間近く説教してるだろ？　涙目になってるし、もうそのくらいでいいんじゃないか？」

「……そうですね、じゃあこれで終わりにします。みんな、ちゃんと理解しましたか？」

「反省してます……」

「申し訳ない……」

「ごめんなさい……」

うーん、本当にちゃんとわかってるの？

「くっくっくっ！　色々きつい言い方だったが、横から聞いてた分には全部正しい事を言ってたからな？　ここまで心配してくれる奴なんざそういないんだから、お前らちゃんと感謝しとけよ？」

「はい、わかってます……」

んー、表情を見る限り、ちゃんと反省してるっぽい？　しかし見ず知らずの人に注意されるくらいに説教に夢中になってしまっていたとは……周囲を見ると隊商の人達も食事を終わらせて出発の準備を始めてるようだし、私達も準備もしないとまずいな。

「わざわざ声を掛けてもらってありがとうございます。危うく準備が遅れるところでした」

「いや、気にしないでいい。こういう状況だ、お互い様って奴だ」

おお、このおっさん、いいおっさんか。こういう人には恩を売っておくべきだね。

「お礼というわけではないんですが、こちらをどうぞ」

鞄《かばん》から小さい小包を取り出して手渡す。

「なんだこれ？」

「飴《あめ》です、甘味ですね。移動しながらでも食べられますので、是非」

「うお、マジか？　いいのか？」

「はい。その代わりというわけではないんですが、この子達を見かけたら気に掛けてもらえると……」

「ははは、わかった、任せておけ。大した事はできんがな！」

うん、効果があるかはわからないけど、顔は繋《つな》いでおいて損はないはず。それをどう生かすかはトリエラ達次第って事で。

そんな感じで会話も切り上げて急いで移動準備。とはいってもそれほど時間が掛かるわけじゃない。さっさと準備を済ませて移動開始だ。

今日からは全員馬車に乗せて移動することにした。流石に昨日の移動速度だと遅過ぎてかったるい。実際、昨日もガンガン抜かれまくってた。

王都滞在中の改造で馬車も馬も以前よりも大型化してあるので、頑張れば中にも5人、御者席にも4人乗れない事はない。ちょっと狭いけど。

中は一応、横並びに3人は座れる幅はあるからなんとかなる。御者席は、一人は後部スペースに体育座りすればなんとか？　ただしベルと相席なので落ち着かないかもしれない。怒らせたら噛《か》まれるかもしれないけど、そこはなんとか我慢してもらう。

というわけで女子は中、男子は外。交代はなし。文句は言わせない。

◇

全員乗車によって移動速度が上がり、周囲の馬車と同程度の速度で進めるようになった。まあ本気で速度上げたら余裕で2～3倍以上は出せるけどね。やらないけど。

単独移動よりは複数の隊商と同道できる方が安全度はぐっと増す。なによりこれだけ大規模だと流石に盗賊は襲ってこない。精々が飢えたゴブリンや痩せ狼《おおかみ》ぐらいのはず？

安全が確保されているとはいえ、昨日と同じようにある程度進むたびに小休憩を取る。それは私達だけではなく、周囲の隊商も同じ。雪が積もったり、泥になってる街道を進むのは馬への負担も大きいから、当然の事だ。

ちゃっかり同道して私達は図らずも護衛費用を掛けずに安全確保してたりするわけで、でもそんな寄生プレイは正直気まずい。というわけで、お礼代わりというわけじゃないけど小休憩のたびにお茶を配って回る事にした。

私は水魔法で大量の熱湯が出せるので、お湯を沸かす手間が掛からない分早く提供できるし、火をおこす手間もいらない。軽食？　流石に食料提供はちょっと……そっちは自腹でお願いします？

そんな地道な賄賂効果により、一番大きな隊商のリーダーの商人さんからも多少の目溢《めこぼ》しはする、との言を頂いた。ありがたい。

私の地道な活動を見てトリエラ達も根回しの重要性を理解したようで、お茶を配る手伝いをしてくれた。でも状況と相手は選ばないとだめだからね？

◇

途中、飢えたゴブリンの群れ、といっても10匹程度に襲われたりもしたけど、隊商の護衛の人達が蹴散らしていた。

こちらからも一応盾持ちのマリクルと剣装備のリューが降りて警戒。ケインとボーマンは御者をしているという事になってるので降りずに待機。いや、馬ゴーレムは私が制御してるからあくまで振りなんだけどね？

女子メンバーは降りない。まともな武器ってトリエラのショートソード以外ないし。でも一応私は降りて警戒する。というかノルンにお願いして迎撃に行ってもらった。ベルは馬車の警護ね。

ちなみにノルンだけで半数以上のゴブリンを蹴散らしていた。護衛や隊商の商人さんもドン引きの活躍でした。流石私の女神である。

その後も順調に旅程は進み、無事、次の野営地に到着。

各隊商の面々も夜営や食事の準備を始めたので、私達も準備に取り掛かる。基本的には昨日と同じで、テントの配置も昨日と同じようにして手隙《てすき》の面々は薪集め。そして私は食事の準備。

んー、今日は何にしようか……汁物は確定として、おかずを作るのは面倒くさいなあ。具だくさんの汁物と、パンかおにぎり？　んー……豚汁でいいかな、野菜もたくさん摂れるし？

あ、小麦粉で団子作って入れてすいとん風にしちゃおうかな。これなら単品で済むし、肉も入ってるから文句ないでしょう。

ドーンと寸胴鍋を二つ用意。周囲がぎょっとしてるけど、華麗にスルー。小麦粉を捏《こ》ねて生地を作り、寝かせてる間に大量に具材を刻んでいき、火の通りにくいものからどんどん鍋に投下。面倒なので灰汁《あく》取りは大雑把に。手抜き大事。

具材がある程度煮えたら生地を適当なサイズにちぎって入れて、ある程度火が通ったら味付けし、更にひと煮立ちしたらできあがり。

うーん、ちょっと多く作り過ぎたかも？　いや、この子達たくさん食べるし、多少食べ過ぎになっても頑張って全部食べるでしょ、多分。

「スゲー美味そうだけど、今日はこれだけ？」

リューが質問してきたけど、不満そうというわけではないので単純に疑問に思っただけっぽい？

だが安心したまへ。

「具だくさんなので食べ応えはありますよ。一緒に入ってるこの白いのが主食の代わりです。たくさん作ったのでおかわりも自由です」

「マジで⁉　全部食ってもいいのか⁉」

「残されても困りますね」

「うおお、やった！」

寸胴鍋二つ分だからねえ……とはいえ、実際に9人で食べきれるかなあ？　今回の器はどんぶりサイズだし、おかわりしても結構残りそうな気もする……？

なんて考えていたら、今朝の髭面のおっさんが声を掛けてきた。

「なあ、お嬢ちゃん……それ、少し分けてくれないか？　すげえいい匂いだし、あんまりにも美味そうでよ……ちょっと味が気になるっていうか、な？　あ、勿論《もちろん》タダでだなんて言わないぞ？」

「はあ、まあ1杯ぐらいなら……」

「ありがてえ！　えーと、銅貨1枚ぐらいでいいか？」

「ちょっと多過ぎます。小銅貨5枚で」

「いや、それは安過ぎだろう？　8だ」

逆に値上げされるとは……うん、問答するのも面倒だ。どんぶりを渡しながら応じる。

「わかりました、ではそれで」

「おう！　じゃあ早速……むぐ⁉」

一口食べたら凄い勢いで食べ出した。正直ちょっと目が怖い。

「なんだこりゃ⁉　こんな美味いもん初めて食ったぞ⁉」

「はあ、それはどうも……」

んー、お気に召したらしい？　まあお金もらってるし、別になんでも良いけどね。でもおかわりはないからね？

「すみません、私も頂けませんか？　勿論御代は払います」

「あー、はあ、構いませんが……」

おや、隊商リーダーの商人さんも？　いや、別に良いんだけど……この状況なら心証は良くしておいて損はないし。

「いやはや、そこの彼とはそれなりに長い付き合いなんですが、その彼がそこまで美味いと言うのも珍しいので……む⁉　これは、確かに美味《おい》しい……」

「そうですか？　ありがとうございます。とはいえ野営料理なので、大分手抜きはしてますが……」

「これで手抜きですか……ふむ、これだけ美味い料理が作れるとは……」

思案顔で鍋を見てるけど、流石に隊商全員に売るとか無理ですからね？　この子達もたくさん食べますから、その後に残った分なら構いませんが。

と伝えたところ、残った分だけでも買い取りたいと言われた。そんなに気に入ったの？　まあ残るよりはいいんだけど、んー。

最終的には寸胴鍋一つの４分の３ほどが残り、その中身を譲渡する事になった。お値段は……まあ、それなりに色を付けてくれた。

お腹一杯おかわりしたトリエラ達は満足顔で、あちらの隊商もすいとん風豚汁にありつけた人達は大絶賛だった。

なお、同道してた隊商は他にもいくつかあったりするんだけど、そっちの人達は恨めしそうにしてた。

……いや、そんな目で見られても困る。というか、他の隊商の人達はお茶賄賂を贈っても好意的じゃなかったので、無視。

こう言ってはなんだけど、さっきの一番大きな隊商のリーダーさんが一番影響力は強いみたいだし、そこに好意的に接してもらえるなら問題はない。ぶっちゃけ護衛戦力もノルンがいれば事足りるし。


2日目はそんな感じで過ぎていった。

113　仲良くなるのはいいんだけど適度な距離感って大事だよね、という話

おはようございまーっす、レンっすー。

あー、だっるーい……もうさ、私って明らかに血圧低いよね……体質なんだろうけど、毎朝きつくて憂鬱《ゆううつ》……。

気を取り直して起床！　さっさと起きて身嗜《みだしな》みを整える……うん、ちょっと目が覚めた。

もう1～2時間寝ればまた違うんだろうけど、生活のリズムが崩れるのも結構困るので諦める。

さて、前日同様に除雪しつつお湯を沸かし、適当に朝食の準備。今日は除雪の時に角兎《つのうさぎ》を数羽狩れたので、それを使って骨ガラ出汁《だし》をとって、角兎肉のポトフ。ただし野菜多め。主食は自前のパンを食べさせる。いや、トリエラ達ってそれなりの数の固焼きパンを買ってきてるらしいから、悪くなる前に食べちゃう方が良いからね？　まあ、硬くなったらなったで色々使い道はあるんだけど……。

ちなみに角兎はスリングを使って獲りました。早起きしてる人が数人いたから、【操剣魔法】は自重せざるを得なかった。というか魔剣飛ばしたら角兎は爆砕して肉どころじゃない気もする。付

与なしの普通の剣を使えば良い？　大差ないよ、多分。

朝食の準備をしてる間に例のごとくリューが起きてきて、お茶を振る舞いつつ適当に談笑。でも今日は隊商のリーダーさんも早起きして混ざってきたので、仕方なくハーブティーを振る舞う事にした。

「はぁあ……このお茶、美味《おい》しいですね……ブレンド比が気になるところですが……」

そんな事言われても困る。自分で研究してくださいね？　というか、なんでこっちに来るんですかね？　お仲間達を起こして色々準備する方が建設的じゃないですかね？

胡散臭《うさんくさ》いものを見るような目付きで視線をやると、ばつが悪そうに顔を背けられた。なんなの一体？

経験豊富な商人をまともに相手にしても仕方がないので適当に放置しつつ、朝食の準備を進める。んー、こんなところかな……毎回朝から手が込んだものを作るのも面倒だし、適当に手抜きしておく。

「……今回の料理も美味しそうですね」

そんな事言われても今回は売りませんよ？

【ストレージ】に売るほど食材が入ってるとはいえ、そこから材料持ち出しで調理なんてすると不自然な量の食材を使う事になる。そして当然、そんな無駄に目立つ真似《まね》はできない。

今回はさっき獲ったばかりの角兎を使ってるとはいえ、毎回都合よく調達できるとも限らないし……気に入られたんだろうけど、ちょっと困った。

華麗にスルーしながら準備を済ませ、寝てるメンバーを全員起こして食事タイム。ちなみに昨日に引き続き朝早くに起きられなかったアルルは、料理の手伝いができなかった事を悔しがっていた。アルル、私よりも低血圧が酷いみたいだからなあ……。一応今朝は起こそうとしたんだけど、効果はありませんでした。

◇

食事が終われば早々に移動の準備をして、撤収。そして昨日同様にぞろぞろと移動。

そして今日は朝も早くから飢えた狼《おおかみ》の群れに襲われた。といってもはぐれた群れのようで大した数でもなく、護衛の人達だけであっさり片が付いていた。毛皮は売り物になるけど、肉はまずくて食べられないので適当に埋めて処理。

もっとこう、食用にもなる獣とか魔物が出てくるとありがたいんだけどね。

途中数回の休憩を取りつつ、適当なタイミングでお昼ご飯を取る事になった。うーん、何を作ろうか……みんな期待に目を輝かせてるけど、状況が状況なので作れないものが多過ぎる。その気になればこの場でフルコースだって作れるけどね？　しかし、んー……。

個人的には海の魚を食べたい。【ストレージ】に大量にあるし？　隠れながら少しずつ食べてるけど、私一人だと全然減らないいんだよね……別に腐らないからいいんだけど。

川魚もあるにはあるけど、うーん……？　いや、もう面倒くさいから別のもの使って適当に作ろう。

以前にいくつも仕込んで仕舞っておいたオークの骨ガラスープを使って、豚骨風雑炊にしよう。野菜もそれなりに入れて、肉も少々。量も多めに作ったので食べ足りないという事はないはずだろうし。

スープの入った寸胴鍋《なべ》を取り出す時は馬車の陰に隠れてこっそり出したから目立たなかったけど、結局匂いで注目を浴びる羽目になった。うん、この匂いって暴力的だもんね？　だがスルーだ。

そして物凄い勢いで食べる欠食児童達。あー、でもちょっと残りそう？　どうするかな……ノルン食べる？

「あの……すみません、余ってるようなら売って頂けませんか？」

残った雑炊をノルンとベルにあげようかと思ったら、またリーダーの商人さん。あー……まあ、いいか。

「5人分くらいしかありませんけど、構いませんか？」

「ええ、大丈夫です！　昨日のスープもとても美味しかったですし、今回のはもう、匂いで気になって気になって……ありがとうございます！」

というわけで商人さんが持ってきた鍋に中身を移して譲渡。自前の寸胴鍋を洗ってるとあちらの方から歓声が……んー、売らない方が良かったかも？　でもまあ、残り物だしなあ……。

出発の準備をしていると、またしてもリーダーさんが寄ってきた。はいはい、何でしょう？

「実は貴女《あなた》にお願いがあるんですが、今夜から我々の隊商の分の食事を作って頂けませんか？　勿《もち》論《ろん》御代は支払いますし、材料は全てこちら持ちで構いません。それに貴女のお仲間達の分も一緒に作ってもらって構いません。その分の食材もこちらで持ちます。どうでしょう？」

えええ……すっごい面倒くさいんだけど……というか、そんなに気に入ったの？　美味《うま》い食事は士気に直結するから？　あー、それは確かに。

うーん、どうしようか？　自前の食材が取り出しづらい現状だと、あちら持ちで食材が使えるのはありがたいとは思う。レシピは気を付ければいいとしても、でもなあ……。

寄生プレイでなあなあで護衛をしてもらってる今のこの状況で、この依頼を断った場合にその事を盾にして色々無理を言われても困るし、んー……？

「ふむ……お仲間の事が気に掛かりますか？　それも安心して頂いて構いませんよ、きちんとお守りしましょう！　そちらに関しては御代は頂きません！」

むむ……そっちの方が立場が強いにもかかわらず、寄生プレイについて触れずに逆に護衛料を無料にするおまけ付き！　私と同じ、恩を売るタイプか……。

できればもうちょっと色を付けてもらいたいけど、このあたりが引き際かな？　料理番をするだけで食材無料で護衛までしてもらえるなら上々でしょ！　そもそも私、正直言って交渉事は苦手だし。

「わかりました、ではそれでお受けします……ちなみに、作るのはあなたの隊商の人員分と私と私の仲間の分だけでいいんですよね？」

「ええ、それで構いません。あちらの方々に関しては気にしなくて結構です」

うん、なんだかんだで良くしてもらってるこの人の隊商と別に、他に二つの隊商が同道してるんだよね。ちなみにその二つともが昨日の私のお茶賄賂《わいろ》に対して反応と態度が悪かった。だから今日の休憩の時にはお茶は持っていかなかった。当然だよね？

そのせいかこっちを睨《にら》んでる人も多少いた気がしなくもないけど、もうこのリーダーさんのところの庇護《ひご》下に入れてるので問題はない。

そのあたりの面倒な折衝はこの人がやってくれるという事みたいだから、この話は受けてもいいと思う。ただし、仕込みの手伝いに数人、人は貸してもらうし、可能ならアルルや他の皆にも手伝わせる事は了解してもらった。作る量が多いと仕込みだけで時間掛かるから、そこは認めてもらわないと困る。

この人の隊商、馬車10台で人員がぱっと見た感じで30人以上いるから、私一人ではどうやったって短時間では回せる気がしない。

……いや、【料理】ＬＶ10だし、その気になれば多分普通にできると思うけど、面倒だしねぇ

……？

◇

そんなわけで料理番として臨時に雇われ、その後も移動を続けて本日の夜営地に到着。

今日から私達の夜営準備は皆に任せて、私は早速食事の準備。材料は、獲れたてのオークが1匹あるのでそれを使って何か作りたい。このオーク、夜営地に着いたところで襲ってきたはぐれ個体だったりする。

とはいっても、獲れたてではこのまますぐ使うには味とか諸々に問題があるので、こっそりと【創造魔法】を使ってちょっとだけ熟成させて使う事にした。

ちなみにこの隊商の商材は食料品。小麦だのなんだのとにかくたくさんある。そして、それらを多少は使って良いという事だったので、遠慮なく使わせて頂く事にした。

さて、私達を含めて約40人分のご飯……何にしよう？

荷台の中を覗《のぞ》いて物色してると見覚えのある物体を発見した。パスタマシーンだ。

ふむー、もうこれでパスタで良いかもしれない。腹溜《はらた》まりがいいし、もう既に他のものを考えるのが面倒だし、うん、これに決定。後は一応適当に野菜スープでいいか。スープに関しては隊商の元々の当番の人にお願いした。

手の込んだものを作るのも面倒だし、作るのはお得意のミートソースでいいかな？　手の空いている人達に大量に挽《ひ》き肉《にく》を作らせてソースを作る。幸い干しトマトもあったのでなんとかなった。次に大量の小麦を捏《こ》ねて生地を作り、マシーンを使って麺を作って茹《ゆ》でて絡め、完成。一人あたりの量は多めにしたのでおかわりはない。足りなかったら自前のパンでも齧《かじ》ってくださいな？

盛況のまま夕食は終わり。おかわりが欲しいと駄々を捏ねる人達が続出。いや、全員大盛りにしたはずなんだけど……商材も兼ねてる食料をそんなにたくさん消費もできないと、リーダーさんが説教してなんとか静かになった。

翌朝は昨日のオークの骨を煮込んで取ったガラスープをベースにして、またしてもすいとん。ちなみにガラスープ作りは不寝番の人にお願いしておいた。

すぐ作れてお腹に溜まって身体が温まるものってなると、選択肢が限られる。使える食材もレシピも限られてるし、悩ましい……。

昼は急がないといけないので適当に作って、夜はペペロンチーノにしてみた。ピリ辛で身体も温まるし、がっつりにんにくを利かせておけば食べ応えもあるでしょ。ちなみにスープは例のごとく他の人任せ。

最初はベーコンぐらいしか具が入ってない事に不満そうな顔をしている人達多数だったけど、一口食べた後は皆無言で掻《か》き込んでた。ふふん。

◇

翌日は昼過ぎに3体のオークに襲われた。でも流石《さすが》に経験豊富な手練《てだ》れの護衛達。10人以上いるので連携してあっさり返り討ちにしていた。今日の晩ご飯はこのオークの肉か……何作ろう？

明日の昼過ぎにはオニールに着くとの事なので、これが最後の晩餐《ばんさん》かぁ……うーん、何か精の付くものがいいかな？　んー、あれにするか。

隊商の皆さんから硬くなったパンを集めて、おろし金でおろしてパン粉を作る。次にオークの肉を切り出して筋切りして叩《たた》いて柔らかくする。このあたりの作業は手順を教えて他の人に任せていく。

肉には下味を付けてしばし休め、その間にオークの脂身を炒《いた》めて大量の油を作る。

高級品ではあるけど、卵もいくつか使わせてもらえるように許可も取ってあるので、それとパン粉を使って肉に衣を付けていく。

大量の肉の準備ができたら順番に揚げていく。うん、トンカツだ。

とにかく大量の肉を揚げる。３体分のオークなので全員おかわりし放題である。私の分は既に別に確保してあるので安心。残った分は商材になるらしい。

ちなみに取り置きしてある私の分だけ密かにヒレカツだったりする。いや、オークの脂あんまり合わないから、私。他の人？　他の人はみんなロースだよ。

肉だけだと胃もたれしそうなので千切りキャベツの用意も忘れていない。後は個人の好みでパンに挟むなりなんなりして食べてもらう。

肉だけ食べてるつわものも結構いたけど、明日起きた時に胃がつらくなりそう……とはいえそこまで面倒は見れないし、責任も取れない。放っておこう。

「これはもしや、ハルーラの宿の名物料理ですか？　でも以前あそこで食べたものはこんなに柔らかくなかったし、味も食感も全然違った……あの時食べたものはもっと油でべったりしていて、味ももっと、こう……」

「おうおう、なに小難しい顔してんだよ！　こんなうめーもん、ごちゃごちゃ考えながら食ったらだめだろうが！　何も余計な事は考えないで味わって食うんだよ！」

むむむ、聞こえてきた独り言から察するに、リーダーさんはハルーラでアレを食べた事があるっぽい？　幸い護衛の隊長っぽい髭面《ひげづら》さんのお陰で変に推察したりとかしないで食べる事に集中してくれたみたいだけど……変に勘繰られないで良かった、と考えるべきなのかな？　まあ何か聞かれてもとぼけるだけだけどね。

◇

翌日も順調に進み、昼前には遠目にオニールの城壁が見え始めた。そして丁度いいタイミングで南下する分岐路に差し掛かったので私はここでお暇《いとま》させて頂く事にする。

「本当にここでいいんですか？　すぐそこにオニールがありますし、そこで少し休んでからでもいいのでは？」

「いえ、ちょっと色々と都合がありまして……」

隊商のリーダーさんが心配して色々言ってくれてるけど、私は街に入るわけにはいかないので固辞する。

「……はぁ、まあ人それぞれ色々な事情がありますから、仕方ないですね……わかりました、それではここでお別れです。お仲間達の事は心配なさらないでください、オニールまでしっかり送りますよ」

本当にお願いしますね？

というわけで料理番のお金をもらって私は一人で離脱。一人馬車に乗ってゆっくり南に移動し、あの人達から見えない位置まで進んだら馬車を仕舞って適当な場所でしばらく休憩。そこから徒歩でさっきの分岐路まで戻って、オニールの北東の方にある森に入る。

それなりに森の奥の方まで進んだら、そこで自宅を取り出して野営予定だ。

トリエラ達にはその森の奥で野営する事は伝えてある。ちなみに1～2日おきに街の情報を伝えに来てもらえる事になってるので、色々抜かりはない。

これでひとまず準備完了。さて、後は鬼が出るか蛇が出るか……。

114　幾つになっても不審者は不審者

というわけでやってまいりました、森の奥。
結構奥まで来てるから平気だと思うけど、魔物を警戒しつつ周囲をきょろきょろ確認。うん、外からは完全に見えないね！　安心安心。

さて、自宅を出すためにまずは整地。一帯の雪を収納し、邪魔な木も何本も収納して回る。いつもなら薬草とか生えてればそれも一緒に収納するところだけど、今の季節だとそんな事はほぼない。次に土魔法を使って一帯を平らに均《なら》し、自宅を取り出して設置。最後に魔物除けを大量にまいて作業完了。

んー、こう、魔物除けを自動で振りまく灯籠《とうろう》みたいな感じの置物でも作ろうかな？　補充すれば使いまわせるような奴。今回みたいな場合は等間隔で設置すれば色々楽な気がする……ああ、ついでに【結界魔法】も付与すればもっと安全になるかも？　ふむう、後で作ってみよう。
っと、考え込んでないで早く家に入ろう。全属性装備の私はともかく、ノルン達は寒いだろうし。え？　寒さに強い種族だから別に平気？　ああ、そうなんだ……。そういえば去年も雪の中を駆け回ってたね。

結局ノルン達は屋内には入らず、庭スペースで寝る事にした模様。ご飯は自分達で獲ってくるとの事なのでいらないらしい……折角の機会だし、カレーを出そうと思ってたんだけど、いらないんだ？　へー？

カレーの事を伝える前に２匹揃《そろ》って駆けていってしまったので伝えそびれてしまい、なんだか非常にばつが悪い。かといって私一人で食べるのも気が引けるので、今晩は適当に別のものを食べる事にしよう。

流石《さすが》に長距離移動で疲れてるので、食事の後は日課もしないで今日は早めに就寝。今日の分は明日にまとめてがっつりやればいいんじゃないかな！　ふへへ！

◇

そんなわけで翌日。別段やる事もないので、早速昨日思いついた灯籠でも作ってみる事にした。

そして午前中で完成。

うーん、色々とスキルレベルが上がった恩恵なんだろうけど、もっとこう、研究とか実験っぽくそれなりに時間を掛けてさあ……？　いや、便利だからいいんだけど、いいんだけど！　でもなんか釈然としないものがある！

さて完成したこの灯籠、安易に『結界塔』と命名してみた。

単体だと周囲半径3mほどの結界を展開しつつ、一定時間ごとに魔物避けを霧状にして振りまく。また、3つ以上の複数設置をした場合、それらを同期する事で『結界塔』で囲ってる内部も結界によって守られるようになる。ついでに結界の強度も高くなる。

小型化できないかどうか色々やってみたけど、【結界魔法】自体がレアスキルなせいか、盾サイズよりも小さくはできなかった。装飾品……たとえば腕輪とかにできれば常に身に付けて目立たずに携帯できるようになるから、色々と便利だったんだけど。

午後は早速完成した『結界塔』を設置して回り、そのついでに周辺の探索。ちなみにこの灯籠は自宅の石垣の四隅にも設置した。結界が二重になって強度も更にドン！　安全第一！

2年前にもこの森には何度かこっそりと食べ物を採取に来た事があったけど、ここまで奥深く潜った事はなかった。街にいた冒険者もゴブリンやはぐれオークの討伐がメインで、採取をしてるような低ランク冒険者もわざわざ森の奥までは行かない、とか言ってた気がする。

なんでそんな話聞いてたのかって？　そりゃあ、孤児の行く末なんて冒険者ぐらいしかないんだから、情報を集めておいて当然でしょ？

先に孤児院を出ていった年上の孤児達も自分が集めた情報を教えてくれたりしてたので、そのあたりの冒険者事情に関しては色々と聞き及んでいたのだよ？

ちなみに孤児院にいるうちに冒険者登録をして薬草採取で小銭を稼ぎ、12～14歳ぐらいになったら街を出て王都を目指すのが定番コース。

私も10歳になったら冒険者登録して、お金を貯めて孤児院を出るつもりだったんだけど、10歳になった時に【鑑定】を覚えてしまったのが運の尽き。あれよあれよと身売りコースに乗ってしまったわけだったりする。

いや、身売りとはいったけど、実際には雇用契約を結んで奉公に出るという建て前は一応あるんだよ。孤児院の出資者でもある例のカエル顔の商人の所で働いて恩返し、というね？

実際はその雇用期間の間に契約魔術や隷属魔術を強制されて奴隷のように扱われるようになる、という話を私は支店の従業員や丁稚の会話から盗み聞いていたので、人生終わった！　と絶望しちゃってたんだけど……まあ、それが今じゃあこんな状態になってたりして、人生何が起きるかわからないものだよね、本当に。

なお、雇用契約の話をされた時に契約魔術の契約書も書かされているので、私は商人に見つかるとその時点でアウト。契約書自体はなんら問題がない正式なものなので、生存が判明するとその時点から労働の義務が発生してしまうのだ。

ただね、契約書の文面が就労開始は『商人の元に着いた翌日から』になってて、それはまあいいんだけど……就労期間については『いつからいつまで何年働く』って内容じゃなくて、ただ『働く』ってだけ、書いてあったんだよ……。一日の労働時間についてすら何も書いてないってさあ……つまり無給で寝る間も惜しんで文字どおり奴隷のごとく働かされるって事だよ？　だけど恐ろしい事にそれでも契約魔術は効果があるというね……。

前世の記憶が戻った後にその事に気付いてね？　もう、本気で嫌になっちゃう。

そんなわけなので、私は例の商人に見つかるわけにはいかないのだ。そして死んだと思われてる今のうちに色々力を付けて、国外逃亡するなり契約書をなんとかするなりしないといけない、というわけね。私が今まで追っ手を気にしたり、問題の商人に近寄らないように気を付けてたのはそういう理由からだったりする。

この約2年の間である程度戦う力を身に付けはしたけど、件《くだん》の商人を物理的に排除とかするとこっちが犯罪者になってしまうので、それは最後の手段。

常日頃からいざとなれば逃げればいいなんて考えてるけど、逃げるにしても程度はある。犯罪者になっていきなり国外逃亡は、流石に避けたい。

閑話休題。

鬱《うっ》になりそうな商人関連の事を思い出してしまい、微妙な気分になりながらも周辺探索を続ける。当然ノルンとベルも一緒で、時折駆け出しては獲物を咥《くわ》えて戻ってくる。

たまに変な視線のようなものを感じた気がしたりするけど、そういう時にもノルン達が走っていって獲物を獲ってくるので、野生動物とかの類が警戒してる気配か何かっぽい。

順調に探索を進めていると、なにやら人の気配が近づいてくる……大分前から【探知】には引っかかってたんだけど、どうやらあちらもこっちに気付いた、ってところかな？　狩人か何かで、獲物の競合を防ぐために話に来た、ってところ？

立ち止まってしばらく待っていると、茂みががさがさと揺れて大柄な人物がのっそりと姿を現した。

外套《がいとう》に身を包んでるので格好はよくわからないけど、でかい。２ｍはないにしても１８０㎝以上は確実にある。そして手には布が巻かれた長い棒。長さ的に長槍《ながやり》か何か？　【鑑定】は……だめだ、抵抗された。

続けて【解析】を使おうとしたところで相手が一歩前に出た。私が警戒して一歩下がるとノルンとベルが私の前に出て、唸《うな》り声《ごえ》を上げながら威嚇し始める。

「おっと、こう見えても怪しいものじゃあない。そう警戒しないでくれ」

体格的に男性だとは思ってたけど、どことなくしわがれた風な声。結構な高齢の人？　警戒を解かずに身構えていると、相手はフードを下ろして顔を晒《さら》した。

頭髪は真っ白で長く、後ろに撫《な》で付けている。完全に白髪になってるので年齢的には60～70ぐらいかな？　いや、鋭い顔つきを見るにもう少し若そうな気もする……若作り？　いや、ジジイだけど。顎鬚《あごひげ》も生えていて、そちらは胸元まで伸びてる。

外套から垣間見えた格好は黒い甲冑《かっちゅう》。装飾も凝ってるし、なんだか魔力も帯びてる様子。背筋はぴんと伸びてて姿勢もいいし、腕や足にもしっかり筋肉が付いてるっぽい。

「そうだな……俺はこう見えても猟師だ。だから安心してくれ」

……猟師？　お前のような猟師がいるか！　一言でたとえるなら『歴戦の勇士』でしょ⁉　いや、だってこんな只者《ただもの》じゃない気配をまとったジジイの猟師がいてたまるか！　って感じだよ⁉

あれ、私もしかして色々ピンチ？

「今日の食料を狩ろうとここに入ったんだが、さっぱりでな……すまんが、何か食うものを分けてくれないか？」

ノルンと連携してなんとか逃げられないか算段を立てていると、またも胡散臭《うさんくさ》い事を言い出した。いやいや、猟師なんでしょ？　なんで収穫無しなのよ？

「……冬の主討伐の参加者の方ですか？」

「いや、猟師だ」

「……」

「……」

「……」

「猟師だ」

いや、なんかもう……こういう手合いはまともに相手するのが馬鹿らしくなってくる……。

こういう人はどれだけ問い詰めても本当の事は言わないだろうからなあ……なんとなくだけどこっちを見る視線には含むものはなさそうだし、ひとまずは信用しておくしかないかな？

ノルンとベルもいるし、最悪の場合は出し惜しみなしで全力で抵抗すれば逃げるぐらいはできるはず。

「……はあ、わかりました。猟師ですね？　いい歳して碌《ろく》に獲物も捕れない腕の悪い猟師」

「うむ、腕の悪い猟師だ。だから何か食うものを分けてくれ。そうだな、何か珍しくて美味《うま》いものがいいな！」

図々しいジジイだね、この爺《じい》さん。

「わかりました、じゃああっちに家があるので付いてきてください」

この様子だと多分私の自宅の事も知ってそうだし、無駄な抵抗はやめておこう。とはいえ家の中に入れるつもりはない。

自宅に着くと爺さんを外に待たせて私一人で中に入り、そこで【ストレージ】から適当にいくつかの料理を取り出して準備。珍しいものって言ってたので、取り敢えず親子丼と味噌汁《みそしる》とおしんこ。デザートにフルーツゼリーも付ける。

あそこまで怪しいのも逆に清々しいので、こっちも恩に着せていく方向だ。それでだめなら後は雨霰《あめあられ》と魔剣を打ち込むだけだ。

「用意できましたよ」

「おお！　ありがたい！」

庭にテーブルと椅子を出してそこで食事。折角なので私も一緒に食べる。フードは下ろさないけどね。

「おおお、これは美味いな！」

そーだろー、そーだろー。でも爺さん、いいから黙って食え。

結局爺さんは３回もおかわりした。一体どこにそんなに入るの？　そして食後に温かい麦茶も振る舞い、一服。

「いやあ、実に美味いものを食わせてもらった、感謝する！　そうだな、お礼にこれをやろう」

そう言い、なにやら布に包まれた物体を取り出す爺さん。これ、何？

「これはな、竜の翼膜だ。大分昔に俺がぶっ殺した奴だな」

えっ。

「できれば鱗《うろこ》もくれてやりたいが、そっちは今は手持ちがなくてな……これで勘弁してくれ」

は？　竜？　ぶっ殺した？　え、この爺さん、ドラゴンスレイヤー？　ええええ⁉

「見たところ、お嬢さんの外套はミスリルメッシュだろう？　それだけでも相当に珍しいが、こいつも一緒に使えばもっと防御力が上がるだろう。後は胸当てなんかにもいいんじゃないか？」

「え、こんな、もらえません！　たかが一度のご飯でこんな⁉」

いやいやいや、馬鹿じゃないの？　このジジイ、本気で馬鹿じゃないの⁉　ご飯のお礼に竜の素材って……頭おかしいんじゃないの⁉

「くくく、いいからもらっておけ。すぐとは言わなくとも何かしらの役には立つだろうよ……さて、腹も膨れたしぼちぼちお暇《いとま》しようか。縁があればまた会う事もあるだろうさ、鱗はその時にでも持ってこよう。ではな」

言うだけ言うと爺さんは足早に去っていった……そしてテーブルの上に残された布包みが一つ。

えええええ、なんなのあの爺さん⁉　一体どういう事なの⁉　意味わかんないんだけど！　って言うか、縁があったらまた会うの？　つーか討伐参加者じゃないって言ってたけど、参加しろよ！　竜殺しなら参加しろよ⁉　亜竜退治にマジモノのドラゴンスレイヤーが参加しないでどーすんのよ!?

謎の怪しい爺さんとの遭遇に混乱し、あまりにもイライラしたので、その日は早めに不貞寝《ふてね》する事にした。

いや、マジで意味わかんないから！

１１５　引きこもりの森　三回目

ってなわけで翌日。

うん、たくさん寝たからちょっとすっきりした。やっぱりストレスが溜《た》まった時は趣味で発散するのがベストだね？

え？　趣味がなんなのかって？

それはあれだよ、自由気ままに好き勝手に物作りする事と、美味《おい》しいご飯を食べる事と、ゆっくりたくさん寝る事と、存分に日課する事だよ。つまり今回はたくさん寝たからすっきりできたって事。

いや、本当は久しぶりに日課でも良かったんだけどね？　でもね？　こう、イライラしながらだと盛り上がらないというか、できれば余計な事を考えずに集中したいというか……言わせんなよ、恥ずかしい。

さて、細かい事はさておき、今日はトリエラ達が来る日。なので余り時間の掛かる事はできない。

ってなわけで今日は時間潰《つぶ》しに料理の仕込みをしようかなーと思いまーす。流石《さすが》に剣を打つのは飽きた。こんな森の奥に来てまで剣打ちたくない。

ん？　昨日のアレはどうするのか？　ああ、竜の翼膜ね……あれ、さっき軽く【鑑定】してみたんだけど、ちょっとどうしていいかわからないレベルのものだったので、ぶっちゃけ今の私では下手に手を出すと無駄にしちゃうだけだと思う。だから取り敢えず、パス。

あれね、竜は竜でもエルダードラゴンの翼膜だったんだよ。エルダーなの、わかる？

ドラゴンって言っても歳を重ねるほどに強力になるんだけどね？　エルダーって言ったら普通に成長した場合の最高峰なわけですよ。

下から、ドラゴネット、レッサー、メジャー、グレーター、エルダー。エルダーになるのに何百年掛かるかわかる？　私にもよくわからないぐらい長い年月を経ないといけないの。ちなみにこの辺の知識は冒険者ギルドの資料室の本に書いてありました。

それでまあ……うん、正直申しまして、そんなトンデモ素材を扱う自信ないんですよ？　せめて下位の亜竜種とかの素材を扱ってからじゃないと、だめにしちゃう予感がひしひしとするわけですよ？

そんな感じなのでしばしの間【ストレージ】で死蔵というか、肥やしになってもらうしかないわけであります。

いや、だってアダマンタイトですら3日間ぶっ通しで練習して、やっと扱いを覚えたんだよ？　革素材なんてちょん切ったら再生利用できないんだから、ぶっつけ本番でなんとかするとか、絶対無理！　研究の時間をください！　いやほんと、マジで！

　というわけで、あれこれと料理やらお菓子やら作ってるうちにお昼も過ぎて、トリエラ達がやってきた。

◇

　ちなみにやってきたメンバーはトリエラ、アルル、リューの３人。今回はこの３人だったけど、次の時にはまた別の組み合わせで来る事になってたりするらしい。

　組み合わせは男子一人に女子２人。ただし、ケインとボーマンは含まれない。理由？　私が家に上げたくないからだよ、わかるでしょ？

「……森の奥で野営するって言ってなかった？」

「はい。森の奥で寝泊まりするんですから、野営ですよ？」

「……」

「……」

「……」

「いや、もういいや……レンだし……」

　あれ？　ひょっとしてまた酷い事言われてる？　ちなみにトリエラ達は森の途中で迷子になってたので、ノルンに迎えに行ってもらいました。

　そしてなんだか遠い目をしたトリエラ達から、街で聞き集めた情報を教えてもらった。

討伐隊の本隊と騎士団は既に街を出て前線の拠点に移動しており、いま現在、街に残ってるのは予備戦力の冒険者と騎士団の一部だけらしい。

前線からは定期的に斥候が街に情報を持ち帰り、その一部は公開されるようになってるとの事。避難をするにしても判断の基準になれば、という理由からだとか。意外にちゃんとしてるね。

孤児院にはトリエラ達以外にも、国内で活動してる孤児院出身の冒険者が何人か帰ってきており、私達同様に非常時には避難の護衛などを支援するつもりでいるようだ、との事だった。


んー、皆、考える事は一緒か。

孤児院に帰ってきた面々は全員冒険者になった子達で、その面々はトリエラ達同様に多めに食料を持ち込んできたらしい。なんというか……うん。ちょっと泣けてくる話だ。

帰ってきたメンバーの中にはかつてケインを苛めていたボブもいるとかで、ケインは非常に面白い表情をしていたとかなんとか……？　ザマァ！

そして私の事は、院長先生にしか伝えていないらしい。職員の中に例の商人と繋《つな》がってる人間がいないとも限らないし、小さい子供達に至ってはポロリと零《こぼ》してしまう可能性も否定できなかったから、との事だった。

孤児院に集まった面々は院の空き部屋で寝泊まりしているらしく、宿代は掛からないらしい。とはいえ、トリエラ達も含め全員が多少なりとも院長先生に無理やり宿代を押し付けており、皆どこまでも考える事は一緒なんだなあ、と微笑《ほほえ》ましい気持ちになった。

そしてそうした面々は全員、日中には近隣の狩り場や採取地へ出かけて冬場でも採れる薬草や食べられる山菜を集めたり、ゴブリンを狩って日銭を稼いでは院長先生に渡してるらしい……みんな良い子だねえ、うんうん。

ちなみにこの森の浅いあたりにもちらほら来てるんだそうな。変に見つかっても困るし、外に出ないようにしとこう……。

さてそれはさておき。

「私も後で色々用意するので、持って帰ってください」

「それはいいんだけど、大丈夫なの？」

「問題ありません」

むしろ、自重しないで色々押し付け過ぎる方が問題になるというね。なのでほどほどに？

現在、院にいる孤児だけで40人以上、帰ってきた子達が20人以上というのだから、食事だけでも儘《まま》ならない気がする。初日は持ち込んだ食料と採取してきた食べ物などでなんとかなったらしいけど、あまりにも長期滞在になるようなら何か対策を考えないといけないかもしれない……。

というか食料になるものをたくさん採るために森の奥まで採取に来られると、私が今自宅を出してるここまで来るかもしれないので、場合によってはもっと森の奥まで移動する事も視野に入れておかないとだめかな？

◇

色々と話を聞いているうちに気付けばいつの間にか日が落ちており、今から帰るには何かと危険が多い時間帯。元からそのつもりでいたのもあって、トリエラ達には泊まっていくようにと伝える。というか命令ね？　拒否権はない！

元々オニールの街からこの森まではそれなりに離れてるし、更に家を出したこの場所はかなり森の奥の方なので、ここまで来るにしても結構時間が掛かる。その証拠に、実際トリエラ達が私の家に着いたのはノルンの迎えがあっても昼過ぎだった。

そして今から帰るとなると真っ暗な森の中を進んで行かないといけないわけで、そうなると私が設置した魔物避けの『結界塔』から出てからも結構な時間を歩かないといけない。

暗い森の中を移動するとなれば当然魔物に襲われる危険も高くなるし、そんな危ない真似《まね》をさせるつもりは毛頭ない。故に強制お泊まりコースである。

ちなみに反対意見は出なかった。さもありなん。

そうと決まれば当然晩ご飯も気合を入れて作るわけですよ。といっても流石に海鮮類を使うような迂闊《うかつ》な真似はしない。

作ったのはクリームシチュー。寒い日はコレでしょ！　いや、別にビーフシチューでも良かったんだけどね……単に私が食べたかっただけともいう。だって折角牛乳をたくさん確保してあるんだしね？

え？　海鮮類を使ってなくても鮮度が命な牛乳を使ったら変わらない？　ハハハ。そんな馬鹿な。

「なにこれ？　なにこれ！　なにこれー⁉」

「なんだこれ、美味《うま》過ぎる……」

「レン……いや、もういいや……」

順番にアルル、リュー、トリエラの反応。いやー、好評のようですね？　とはいえ我ながら非常に美味しい。コカトリスの腿肉《ももにく》が効いてるネ！　ビバ、高級食材！　あ、ホワイトソースを使う料理ならグラタンもいいよなあ……今度作ろうかな。

「お気に召したようでなによりです。おかわりもありますよ？」

「ああ、うん。もらうけどね……？　でも一体どこでこんな料理……いや、でもレンだしなあ……」

トリエラの中の私の人物像って一体どうなってるの？　いや、別に聞きたくないけどね？

ちなみにパンは天然酵母を使って焼いたふんわり柔らかロールパン。バターも効いてます。

「このパンだけでもかなりのご馳走《ちそう》なんじゃない……？　これ、一体どうやって作るんだろう……」

アルルは途中からうんうん唸《うな》りながら食べるようになっていた。リューは二口目からは無言で掻《か》き込むように食べてる。とはいっても動きが速いだけで、しっかり味わって食べてる様子。

そして30分後、そこには打ち上げられたトドが3匹。はいはい、いいからみんなさっさとお風呂入って早く寝ようねー？

遠慮も容赦もなく3人を順番にお風呂に放り込んでいく。私？　私は一応家主なので一番風呂を頂いてます。

順番待ちの面々は私と一緒にお茶しながら世間話。世間話とはいっても話すのはどうしても孤児院の事がメインになる。

色々話した結果、現時点ではまだ食料には余裕があるみたいだけど、帰郷した連中がいるお陰で寝床の布団が足りてないみたいなので、食料よりもそっちを優先でなんとかした方がいい気がする。

「んー……持たせるのは食料品の方がいいと思うんですけど……でも他の皆も持ち寄ってるようですし、採取したりもしてるようですから……そうですね、余ってる毛皮があるので、明日はそれを多めにいくつか持っていってください」

「毛皮が余ってるとか……でも、ありがたくもらっておくよ、ありがとね」

「どういたしまして？」

レッサーウルフの毛皮とか、正直言うとかなり余ってるので別に問題はない。ノルンと一緒にいても襲ってくるような格の違いがわからないようなアホなのが結構多くて、返り討ちにするだけでもどんどん溜まるんだよね……後はゴブリンとかも。

どちらも煮ても焼いても食えないので、死体だけが【ストレージ】に溜まっていく。いちいち焼いたり埋めたりするのも面倒だから、どんどん溜まるんだよね……。

何か使い道でもあればいいんだけど……んー、何かいい利用法、ないかな？　肥料にでもする？

あー、後はあれだ、湯たんぽとか？　トリエラ達の分は既に譲渡済みだけど、孤児院の幼年組と院長先生の分は用意したい……ああ、でもそんなのトリエラに大量に持って帰らせたら出所を疑われるか。うーん、悩ましい……。


全員の入浴終了後、先日の増築で一階の客室は丁度3つになったので一人一部屋ずつ使わせる事にした。ちなみに3人とも人生初の個室であるらしく、非常に落ち着かない様子だった。トイレは増設したお陰で二つあって待たずに使えるし、夜中にお腹が空いた時は自由に食べて良いと伝えておいて、リビングのテーブルにはパンを籠に入れて置いておく。

後は、二階は私のプライベートスペースなので立ち入り禁止というくらい？　とはいっても別に二階に上がったところで部屋には全て鍵が掛かってるので、入れるのは二階のトイレぐらいしかないんだけど。

◇

翌朝、というかもうお昼前。私以外の皆がのそのそと起きてくる。

なんでも、初めての一人部屋に緊張していたのと、部屋が豪華過ぎたせいで落ち着かなくてなかなか寝付けなかったらしい。だけどいざ寝てしまうとあまりの寝心地に今の時間までぐっすりだったとの事。そんな事言われても……寝心地良かったんでしょ？　なら別にいいじゃない？

私はいつもどおりに早起きして、適当にご飯を食べて『結界塔』を追加で作ったりして時間を潰してた。ちなみに昨夜も日課はしてません。いくら防音が完璧とはいえ、流石にトリエラ達がいるこの状況では、精神的にちょっと無理。

日課をする時はね……誰にも邪魔されず、自由でなんというか、救われてなきゃあだめなんだ……。

一人で……静かで……豊かで……。

ちょっと早めの私の昼食兼、トリエラ達の遅めの朝食を済ませた後は色々お土産を持たせてトリエラ達を帰らせる。

背負子《しょいこ》を３つ用意してそれぞれになめし済みの毛皮を複数枚、小麦粉の袋を一つ、湯たんぽ二つずつを積んで紐《ひも》で固定。３人とも頑張って背負って運んで！　念のため、森の出口付近まではノルンに送らせた。

さて次に皆が来るのは明日？　んー、１日おきじゃなくて２日おきでも良かった気がする。落ち着いて日課したい……。

でも情報の更新は早い方が良いから、悩むなあ。

トリエラ達が帰った後は武器作成。ただし、鍛冶場は使わない。煙とか出て、家の位置が特定されると困るのが理由。ならどうするのか？　それは簡単、【創造魔法】を使って作る。鍛冶場分のコストをＭＰで支払えば不可能ではない。

ＭＰへの負担は大きいけど、色々とスキルレベルも上がったお陰で【創造魔法】の消費ＭＰが減り、以前に比べれば圧倒的に楽になっている。そしてＭＰ消費以外には特に問題もなく、普通に作成可能だった。

今回作るのは大ぶりなスローイングダガー。付与は【無属性】【火属性】【攻撃強化】【耐久強化】。そして【ウェポンスキル】を一つ。

今回付ける【ウェポンスキル】は【ファイナルストライク】。

剣に秘められた魔力を一気に解放し、強力な魔力爆発を発生させる自爆技だ。使えば当然剣も砕け散る。そしてその性質上、この【ウェポンスキル】は付与されたスキルの数が多ければ多いほど、それらのスキルのレベルが高ければ高いほどに威力が向上していく。

名付けて『炸裂弾《バーストダガー》』。

いや、魔剣を飛ばした後回収できないなら、回収の必要性をなくせばいいんじゃないか、と発想の転換をしてみましてね？

ただ、【ストレージ】に仕舞ってある大量の全属性魔剣でこれをやっちゃうと威力が大き過ぎて危険なので、周辺への影響を考慮して大幅に付与の数を減らして作ってみたのがこの『炸裂弾』というわけなのだ。まあ、念のために全属性魔剣の方にも何本か付与しておくけどね。切り札とか奥の手的な感じで。

保険として作ってはおくけど、こんなものは使う機会がない方がいい。とはいえ備えはしておいて損はないはず！

ちなみにこの『炸裂弾』、使い捨て前提なので刃物として最後まで仕上げておらず、柄も鍔《つば》もなく茎《なかご》が露出した状態になってたりする。

そもそも投擲《とうてき》武器だし、空気抵抗とか考えると鍔とか邪魔だしね。

『炸裂弾』を10本ほど作成したところでいつの間にか夕方の良い時間になっていたので、晩ご飯にする。

ご飯を食べながら【探知】を使って森の外縁部近くまで確認してみると、端の方にいくつかの反応がちらほら消えたり現れたりしているのがわかる。

これ、ベクターさんが手配してくれた私の護衛の人達だったりする。実は馬車移動中も雪の降る中を頑張って追いかけてきてくれていたのだ。実にご苦労様です、ありがたやありがたや。

一応私は護衛がいる事に気付いてない振りをしてるし、そもそも隠れての護衛なので差し入れとかをするわけにもいかず、正直少し申し訳なかったりはする。

でもあの人達もそれがお仕事なので、そこは我慢して頑張ってもらうしかない。もうしばらくお付き合いくださいね？

さて、そういうわけで今日はようやく久しぶりの日課でございます。っていっても、明日にはトリエラ達のうちの誰かしらが来る手筈《てはず》になってるので、あんまりたっぷりと時間を掛けるわけにもいかない。だからほどほどに。

ほどほどで足りるのかって？　今日は他の趣味も色々やれたからへーきへーき。

じゃあ、もう部屋に行くから！　おやすみー！

116　嫌な予感ほどよく当たりませんか？

翌日。

今日の午前中は『結界塔』と『炸裂弾《バーストダガー》』を追加で作成。

『結界塔』は今も家の石垣の四隅と家の周辺四方の合計8つ設置してるけど、もっと広範囲に設置する事もあるかもしれないので、念のために準備しておくのだ。何事も備えは大事！

ちなみに形状が灯籠《とうろう》なだけあって、実際に灯《あか》りを灯《とも》す事も可能だったりする。今は使ってないけどね、森の中に灯りとか目立つし。

『炸裂弾』に関しても弾数は余裕があった方がいいので当然の備え。

できる子の私には抜かりはないのだ！


そんなこんなであれこれやってるうちにお昼も過ぎて、マリクル達がやってきた。今日のメンバーはマリクル、リコ、クロ。ちなみにノルンの迎えはなし。なにやらクロがひょいひょい先導したとかなんとか……獣人しゅごい。

それはさておき、んー……前回のメンバーは武器が充実してたけど、今回のメンバーはちょっと微妙？　と思ってたら、なんと来る途中で角兎《つのうさぎ》を2羽獲ってきたらしい。

1羽はリコの無属性の『矢』の魔法で、もう1羽はクロが一人で追い回して仕留めたとかなんとか。

なんでも、今孤児院に帰省してるメンバーの中にはDランクで討伐依頼をこなしてる男子もいるらしく、ケインやマリクル達男子やトリエラ達女子とも模擬試合で実戦形式で稽古をつけてくれてるらしい。

そして驚く事にその中でもクロはなんと無敗。最初は手加減していたDランクのお兄さん達も途中からは本気になって戦ったにも拘らず、それでもクロが勝ってしまったのだとか……恐るべし、猫獣人。

その戦闘スタイルはアサシンスタイルだったらしい。高速で死角に回って手足や急所を攻撃し、大きな隙を作った後に首筋にダガーを突き立てたのだとか。あらやだこの子、怖い。

とはいえクロの戦闘スタイルは獣人の身体能力を生かしたものだし、武器もダガーなのでケイン達に教えるにも戦闘スタイルが違い過ぎて役に立たない。結局ケイン達にはDランクのお兄さん・お姉さん方が稽古をつける事になったらしい。

なお、そんなお兄さん方と互角以上に渡り合ったのがマリクル。盾を巧みに使いこなし、勝率は5割近かったのだとか。頑張ってるね、マリクル。

身体の小さいリューは地道に基礎訓練。とはいえ、速さを生かして手数で押す戦い方を選んだとかで、短期戦なら割と良い勝負になるらしい。ただし、長期戦になるとスタミナ不足が目立つのだとか。

ケインはお古のショートソードをもらったとかで、大喜びしてたらしい。そしてやはりというかなんというか、才能があるみたいでメキメキ強くなってるそうな。まだ数日しか経ってないというのに、ソレは素直に凄いと思う。でも許す気はない。

ボーマンは……一撃の威力は凄いそうです。一撃の威力は。そして、他がてんでだめ。

女子だとトリエラが槍《やり》を使う事にしたらしい。Dランクのお姉さんがショートスピアを貸してくれた上で色々教えてくれてるので、こちらもメキメキ上達してるのだとか。

実際、トリエラは後衛で女子への指揮担当なので、近距離武器のショートソードよりも中距離武器のショートスピアの方が相性は良い。それに角兎狩りの時にも角槍を一番使いこなしていたのはトリエラだったらしく、どうやら元々槍に適性があったっぽい？

アルルは一人、石を投げていたそうです。仕方ないよね……。

そしてリコもぼっちで魔法の訓練。帰ってきた他の面々に魔法スキル持ち《スペルキャスター》はいなかったみたいで、一人で『矢』の魔法を使ってひたすら的を撃ってたらしい。

ちなみに『矢』の魔法といっても、別に『なんとかアロー』などと呼び方が決まっているわけではない。『なんとかボルト』でもいいし、『なんとかミサイル』でもいい。

基本的に魔法名は術者の気の向くままに付けてもなんら問題なく発動する。つまり、とても厨二《ちゅうに》心溢《あふ》れる名前を付けても大丈夫という、実にゆるふわな設定なのである。

なお、リコは普通に『マジックアロー』と名付けたそうです。無難だね。

「ケインは剣をもらったって言ってましたけど、他の皆は？　マリクルは何かもらわなかったんですか？」

「いや、ケインだけだ。他の連中もそんなに余裕があるわけじゃない。予備の武器だって本来は備えとして用意しておくものだろ？」

「あー、確かにそうですね……」


今回持ってきてもらった情報は、特に目立って変わったところはなかった。オニールまで同行した隊商の人達が翌日には王都に帰っていった、というくらい？　ちなみに私達が良くしてもらった隊商のリーダーさんは私の事を言って回ったりはしなかったらしい。

商人さんの帰り際にたまたま会ったトリエラが聞いたところによると、複雑な事情がありそうだったので何か余計な事を言って私の不利にならないようにしてくれた、という事だった。

他の同道してた隊商の人達は私の事を詳しく知ってるわけではないので、別に何も変な事もせずに一緒に帰っていったという。ちょっと安心かな？

後は……街に残ってる予備戦力の冒険者達と一部の騎士達は、冬の主を倒した際に支配下に置かれていた魔物達が暴走した場合の後詰めも兼ねてる、という話とか？

今回の冬の主がどれだけの魔物を従えてるのかはわからないけど、冬の主を倒すとその影響下から解放された魔物が暴走して近くの集落を襲うという事が稀《まれ》にある。

実際に冬の主と戦う主力とは別に、その取り巻きの魔物達を相手するための後方部隊も前線拠点に移動しているらしいんだけど、もしも今回の冬の主が想定よりも多くの魔物を従えていた場合はオニールの近くまで魔物が溢れる可能性もある。

街の予備戦力はそういった場合に対処するための備えだとかで……最悪の場合、街にいる13歳未満の冒険者にも動員が掛かる事もあるらしく、帰省した他のメンバーがケイン達を鍛えてるのは非常時に備えて、という面もあるらしい。

んー、なんだか変なフラグが立ったような……ベクターさん、頑張ってなんとかしてください、マジで。


とまあ、そんな話を聞いた後は特に話題もなく、結局はトリエラ達の訓練や装備の話になってしまった。

今回ケインが剣をもらった事で、武器らしい武器がないのは後はボーマンとマリクルだけ。角兎の角槍は武器としてはカウントしない。

マリクルは一応ダガーは持ってるけど、それを主武装として使うのは聊《いささ》か心許ない。アルル？　アルルはアーチャー志望だから、当面は石を投げて【狙撃】スキル覚える方が先だよ。

だけどトリエラも槍使いを目指すようだし……んー、マリクル達にも一つ、装備を用意してもいいかもしれない。ただしボーマンとケインは除く。ボーマンはあれだ……何か薪《まき》とか削って自作するとかして、棍棒《こんぼう》でも使えばいいいんじゃないかな？　腕力あるし、技術いらないし。あれ？　意外とありじゃない？

マリクルにそんな事を伝えると、「確かにありだな……」と呟《つぶや》いていたので、帰ったら作るのかもしれない。

それはさておき、まずはクロにオーク革の防具を拵《こしら》えてみた。

小手、すね当て、胸当て。ヘッドギアとかもあった方が良いと思うけど、耳に掛かるのは嫌がられたのでそれはなし。耳を出す穴を開けてもダメらしい。

武器は前にあげたダガーがあるけどそれは予備に回して、新たにメインで使うものを2本追加。

ただし、刀身もやや大きめの戦闘用のしっかりとしたファイティングダガーだ。そこに更にスリングもある。

話に聞いた戦闘スタイルや種族特性を考えると、スカウト兼レンジャー、時々アサシンという方向がいいんじゃないかな？

アサシン……あの商人をコロコロできたら……いやいや、それは最終手段。犯罪者になって国外逃亡とか、考えうる中で最悪のパターンだし。というかこっそり暗殺するにもスキルが足りない。

狙撃？　外に出てくるのを延々待つのは、流石《さすが》にちょっと……。

でも念のために今から色々鍛えておこうかな……。

次、リコ。

といってもこの子は魔導師として進むつもりなので、変に装備を弄《いじ》るところはない。防具は前にあげた隠れ身のマントがあるし、そこに更に革の胸当てとかも着けると流石に重い。という事で革の小手やすね当てを追加する程度にしておく。

また、魔力が切れても遠距離攻撃ができるようにリコにもスリングを渡す。リコがダガーを使うような状況は既にパーティー全滅の危機なので、そうならないように皆で頑張ってもらうしかない。

最後はマリクル。

まずはお約束のオーク革の防具一式。とはいえ部分部分に金属プレートを縫い付けて防御力を強化してある。

武器は最高品質の片手剣を用意した。ただし、付与は何もない。このあたりはリューの剣と同じ仕様だ。ふと思ったけどこれ、普通に買おうとしたら金貨何十枚になるんだろ……？　いや、考えるのはやめよう。

次に盾。といってもあまり大きな盾を持たせても重くて使いこなせないと思うので、鋼と木と革を組み合わせて作ったラウンドシールド。木と革で作った盾の表面に薄い金属板を重ねて貼り付けてある。頑丈に作ったのでそう簡単には壊れないだろうし、防御力はかなり高いと思う。

成長したら自分で総金属製のラージシールドでも買って持ち替えるといいよ。ちなみにこれにも付与はない。

前の革の盾は……リューとケインに下げ渡す方向で。

……無駄にするよりは活用する方がいい。

「なあ、本当にいいのか？」

「死なれると悲しいですから」

「死って……それは、まあ……でもそうだな、そのうちなんとかして金は払う」

「出世払いでもいいですよ」

「頑張るよ」

「私も頑張って払うよ！」

「……レンちゃ、私も頑張る」

うむ、がんばりたまへ。

あ、ふらりと出かけて帰ってきたら装備が更新されてるとか、孤児院に帰ってきてる他の面々からどういう事なのかと詰め寄られるのは必至だと思うので、何か言い訳も考えておかないとだめかな。

んー、王都で良くしてもらってる商人さんが商売のついでに会いに来てくれて、色々と心配して装備を貸してくれた、というのはどうだろう？　トリエラの対人コミュ能力を考えるとありえない話じゃない……うん、これで行こう。

その旨をマリクルに伝えると頷《うなず》いて同意してくれた。後でトリエラにも伝えておくそうだ。

さて、言い訳はこれで良いとして……リューの装備は前に渡してあるし、後はトリエラの槍か。

これは流石に本人が来ないと作れないかな？　いや、ショートスピアとロングスピア、両方作って先に用意しておくというのも手かな。ああ、ついでに防具も更新しておかないとだね。

などと悪巧みしているうちに晩ご飯の時間。うん、当然今日の3人も強制お泊まりだからね。

◇

前回のトリエラ達の話を聞いていたらしく、3人もシチューを食べたいという事だったので今晩もクリームシチューを作った。3人ともおかわり連発だったので好評の模様。むふー！

食後はお風呂に入って就寝。このあたりの流れは前回のトリエラ達と一緒だ。部屋割りはリューが使ってた部屋にマリクルを放り込んで、後は2人に選ばせた……んだけど、リコとクロは相部屋で寝る事を選択した。一人寝は寂しいらしい……。

客間は全てツインベッドなので、そのあたりは問題ない。邪魔な時は一つは【ストレージ】に仕舞うだけの話。


翌朝、予想どおりに3人とも昼前まで起きてこなかった。

昼食が終わって皆が帰った後はまた自由時間である。何しようかね？　……まあ、色々作ったりしてみた。うん、色々。でもって夜は少し早めに日課をして、早めに寝た。

とまあ、以後、そんな感じで過ごす事となった。久しぶりにほぼ毎日日課がこなせてる日々！

なんと素晴らしい！

ちなみに自由時間中にやった事の中で特筆するものといえば、変装の研究。

ほら、実際に何か非常事態とかになったら街の近くまで行かないといけないかもしれないでしょ？　というか、最悪の場合は本当に街に入らないといけないわけで。

フードやマフラーでガチガチにガードを固めてるとはいえ、不安がないとは言えない。かといって髪を切るのも癪《しゃく》だし、なら色を変えてやろうじゃないか、と思ったわけですよ。

ほら、ベクターさんもやってるみたいだし？　それなら私だってやってできない事はないはず！

で、色々試してみた結果、【偽装】スキル単体では無理だった。どうやら光の属性魔法を併用する事で色を変えていたらしい。

やり方さえわかれば後は慣れなので、練習も兼ねて試しに色々な髪色に変えて遊んでみたりもした。遊びながら色々試してみたけど、一番のお気に入りはやっぱり銀髪ですかね？　転生物の主人公だとよくある色だし、自分でもなかなか似合ってる気がする。

ついでに瞳の色も変えてみたんだけど、何故なのかはよくわからないけどこっちは変更している間はずっとそれなりのＭＰを消費し続けた。私のＭＰ量からすれば微々たるものだけどね。

でもこっちの色変更は長時間維持するのは面倒かもしれない……髪の方は一回変更した後は特に消費もなく維持できるんだけど、なんだろうね、コレ？

毛髪の色変更は自分以外にも使えたので、ノルン達と一緒に遊んでみたりもした。なかなか楽しかった！　金色とか、物凄く目が痛くて思わず笑ってしまった。

他には『炸裂弾』を更に追加で作ったり、色々な消耗品を補充したり？　そうそう、トリエラにもちゃんと槍を渡しておいたよ。トリエラ的には長いのは邪魔になるって事で、ショートスピアの方を。

ほぼ毎日やれたとはいえ一回あたりの密度的にはほどほどにしか日課ができない事を除けば、なかなかに充実した日々を過ごせたと思います、まる。

◇

そしてこの森に引き籠もり始めてから2週間ほど過ぎたある日の午後、それは唐突に起きた。

その日は朝から変な違和感を感じていた。それに森も妙に静かだった。

そんな妙な違和感に首をかしげながら過ごし、お昼ご飯も終わってノルン達のご飯皿を片付けようとした時、不意にノルンが頭を上げて一点を見つめた。

「……ノルン？」

微動だにせずに中空のただ一点を……いや、一つの方角を見つめて低く唸《うな》るその様子は明らかに異常事態が発生してる事を知らせていた。

ノルンに問い質《ただ》すと、どうやら最悪の事態が発生したようだった。オニールの街が魔物の群れに襲われているらしい。

【探知】しか持っていない私と違い、ノルンは探知系の上位スキルをいくつも覚えている。そのためにこの異常事態に気付いたようだった。

こうなってしまったら、いざという時のためにも後詰めとして街の近くまで移動しておいた方がいい。急ぎ自宅を収納し、『結界塔』も回収すると急いで森の外を目指して移動を開始した。

運動が苦手なんて言って碌《ろく》に鍛えもしなかったのは失敗だった。スキルの補正があるとはいえ私の素の能力は低いため、体力不足ですぐに息が上がる。ＡＧＩは高いはずなのに、上手《うま》く動かない足が酷くもどかしい。

ようやく森を抜けて街の方を見てみると、こちらに向かいながら狼《おおかみ》型の魔獣の群れと争っている集団が見える。【鷹《たか》の目】で視力強化……トリエラ達だ！　慌てて駆け出しながら、ノルン達に指示、先に救助に行ってもらう。

私がトリエラ達の元に着く頃にはノルンとベルによる蹂躙《じゅうりん》は既に終わっていた。

皆は肩で息をしていたけど、特に怪我などはしていない様子。とはいえ、面子《メンツ》が足りない。ここには女子メンバーしかいない。

首をかしげた私に、私が作った槍を杖《つえ》代わりにして息を整えながらトリエラが声を掛けてくる。

「良かった、レン……ここまで出てきたって事は、何かあったってわかったって事だよね？」

「他の皆はどうしました？」

頷き、返事をしてトリエラから事情を聞く。

どうやら私の予想どおり、魔物の暴走《スタンピード》が起きたらしい。慌てて街に情報を持って帰ってきた騎士団の斥候によれば、冬の主には想定を遥《はる》かに上回る数の配下がいたようだ。

前線に出ていた戦力も頑張ってはいたようだけど、冬の主の下には副官とも言うべき強力な魔物がいたとかで、そいつが群れの一部を率いて街の方へと移動してきているらしい。

前線部隊も急いでこちらに戻ろうとしているらしいんだけど、前線に残存する他の魔物を駆逐するのにはまだまだ時間が掛かる見込みらしい。

結果、結局は街の予備戦力だけではなく13歳未満の冒険者も動員する事になり、前線部隊が戻るまで時間稼ぎの防衛戦が始まっているとの事だった。

そんな状況下で、トリエラ達は私の強力な従魔達……ノルン達の戦闘力でなんとかできないかと思い、ここまで知らせに来ようとしたのだ。

でもその移動中に魔物達に襲われてしまい、戦力の差に全滅を覚悟したところでタイミング良く私達が駆けつけた、という事だった。

「まずいですね……急ぎましょう」

「あ、でも……大丈夫なの⁉」

「対策は色々してあります」

そう、対策は用意した。そしてこの状況下でみんなを見捨てる事はできない。皆を助ける事は決定事項だ。なら、その後の事はもうなるようにしかならない。

「ノルン、乗せて！　急いで走って！」

ノルンに飛び乗り、急ぎ街を目指す。トリエラ達には悪いけど、先に行かせてもらう。

「先に行きます、トリエラ達は後から来てください！　ノルン、ベル、行くよ！」

117　実はちゃんと戦うのは初めてな気がする今日この頃

ノルンの背に摑《つか》まりながら【鷹《たか》の目】を使い、視力を強化。遠くに見えた城壁周辺がよく見える。
今、向かっている東側の城門は閉じられており、その周辺には少数の兵士と思《おぼ》しき人達が見える
……トリエラ達から聞いた話によると襲われてるのは北側、向かって右の方だったか。

ノルンに指示を出して進行方向を変更し、北門側を目指す。ノルンの移動速度なら後10分もしないうちに着くはずだ。今のうちに変装をしておこう。

数日前に試していた【偽装】スキルを使用しての染髪、及び瞳の色の変更を行う。髪は銀髪に。瞳の色も同様に銀色に変えた。

次に、ノルンとベルの毛並みの色も変更する。

ノルン達は2匹とも真っ黒い毛並みに変えた。黒系の毛並みの狼《おおかみ》型魔獣となると、凶悪極まりない『黒魔狼《くろまろう》』とか、かつてどこぞの国を滅ぼしたとかいう『魔狼王』とかが有名だ。

それに比べてフェンリルは銀系の毛並みなので、正体を隠すための偽装にはもってこいだろう
……間違われて攻撃される可能性もあるんだけど。

でも変装のためとはいえ、そんな悪の化身みたいな魔獣の色に変更してしまう事は非常に申し訳ない。ちょっとの間だけだから我慢してね？

と、そんな事を考えてたんだけど、何故かノルン達はご機嫌の様子。なんで？　……私が銀で、ノルン達が黒。いつもの私達と逆の色という事で、嬉《うれ》しいらしい。

んー、気にしてないなら別にいいんだけど、こんなちょっとした事でそんなに嬉しいのか……愛《う》い奴よのう。

◇

ノルンに乗ったまま移動する事、数分。北門が見えてきた。

既に戦闘中のようだ。多種多様の大量の魔獣と、それらを相手にする冒険者や騎士っぽい人達も大勢いる。

進行方向上で白い狼型の魔獣数体と戦う冒険者らしき人が数人。完全に囲まれてしまっており、劣勢のようだ。取り敢えず助けておこうか。

土魔法で錐状《すいじょう》の石礫《いしつぶて》を複数生み出し、周辺中空に浮かせる。そして、射出。

この空中待機や撃ち出しは【操剣魔法】で行っている。【操剣魔法】といっても剣しか扱えないわけではなく、色々と応用が利くのだ。元々最初は【創造魔法】で色々な現象を併用して石を撃ち出していたものがスキルになったのだから、普通に考えればそれができなくなるというのもおかしな話。なのでこれは何もおかしな事ではない。

ちゃんと自由時間中に色々検証しておいたからね！

いや、【操剣魔法】を覚えたのはいいけど時間がなくてなかなか調べられなくてね……いいタイミングで時間が取れて助かった。

空中待機やオプションのように追従させるのは魔法による念動力っぽい現象みたい？　ちなみにこの能力は『バレット』と命名した。銃弾って意味と召し使いとか従者って意味の二つを掛けてたりする。剣を追従させる場合は『ソードバレット』？　うーん、厨二心が疼《うず》く……。

他にも元々の『エアバレル』では弾道安定のために別途風魔法で銃身を拵《こしら》えたりして色々やって運用していたんだけど、【操剣魔法】では風魔法による弾道安定をしなくてもあらぬ方向に飛んでいったりはしなくなった。むしろ若干ホーミングして命中する。

ついでに元々の『エアバレル』も普通に使える。というか、前までは【操剣魔法】を複数並行使用して面倒くさい同時処理をしながら撃っていたのが、そういう負担がなくなってサクッと撃てるようになって利便性が増した。更に高速回転させた時に弾丸が空気との摩擦で削れたりしないように魔力で保護させるようになったっぽい。こちらの旧『エアバレル』を強化した能力の方は今までどおり『エアバレル』とか『エアバレルモード』とか呼んでいる。

ちなみに石礫……『石弾《ストーンバレット》』を使ってるのは目立たないようにするため。剣なんて飛ばせば悪目立ちする。とはいえ私には他の攻撃手段がないし、攻撃魔法も使えない。

でも、こうして石礫を飛ばして攻撃するのであれば、傍からは土系の『矢』魔法にしか見えない。

しかしながらただの石を飛ばしても攻撃力に不安がある。だから石礫の形は錐状にし、更に【操剣魔法】の『エアバレルモード』の併用で高速回転させる事で弾速と威力を上げてみた。

……まあ、いざとなれば迷う事なく『炸裂弾《バーストダガー》』ぐらいは使うつもりだけど。


高速で撃ち出された全ての『石弾』は狼型魔獣の頭部に命中し、爆砕させた。【狙撃】スキルはLV7、この程度の相手なら百発百中だ。

いきなり目の前で魔獣の頭部が弾けたので、冒険者達は戸惑っているようだったけど、私の方に気付くと俄《にわ》かに騒ぎ始めた。

「でかい⁉　しかも黒い狼の魔獣だと⁉」

「まさか、黒魔狼？」

「畜生、あんなのまでいるのかよ……」

……予想どおり、敵の増援と勘違いされたらしい。とはいえこれは想定内。ノルンに移動速度を落とさせて、ゆっくりと近づいていく。

「……待て、誰か乗ってる？」

「まさかとは思うが、味方か……？」

ようやく私に気付いたようで、一応警戒のレベルが下がったみたいだ。

「無事ですか？」

「ああ、なんとかな……アンタは味方か？」

「一応そのつもりです。知り合いに頼まれまして」

「そうか、助かった……しかし、コイツはスゲェな。こんな魔獣を従えてるとなると、アンタ相当上位ランクだろ？」

「えー、まあ……」

「なあアンタ、知り合いに頼まれたって言ってたが、一体誰に頼まれたんだ？　この後も手を貸してくれるのか？」

「えっと……」

あー、どうするかな……。

んー、今のやり取りで上位冒険者と勘違いされてるみたいだし、トリエラ達、というのはちょっと無理があるか……。よし、ベクターさんに頼まれたって事にしよう。あの人も【偽装】スキルを使ってるんだから、私が自分と同じように変装してる事に気付くはず。後は色々察して口裏を合わせてくれると信じよう。

「ベクターさんに頼まれました」

「ベクター!?　『赤髪』か！　あの野郎、まさかこんな強力な保険まで掛けてたとは！」

んー、なんとかベクターさんとだけ接触できればいいんだけど、大丈夫かな……無理だろうなあ。いまさらながら不安になってきた。なんとかなーれ！

「今、どんな状況か教えてもらっても？」

「おお、悪い。今は……」

話を聞いたところによると、状況は思ったより悪いみたいだ。

まず、魔物側のボスと思われるのはホワイトファング。こいつは大型の狼型魔獣で氷属性の、かなり強い魔獣だ。どのくらい強いかというと、歳を重ねた場合は冬の主になっていてもおかしくないぐらいには強い。

最初、そいつが大量のアイスウルフを引き連れてやってきたらしい。アイスウルフは同じく氷属性の狼型魔獣。本来はそこまで強い魔獣ではないけど、冬場に戦うとなると1～2段階は手強《てごわ》くなる。それが統率されてるとなると更にヤバイ。

連携して襲ってくる狼の集団に梃子《てこ》摺《ず》ってたところに、時間差で別の魔獣化した獣が現れたらしい。主に猪《いのしし》や鹿。

当然氷属性の魔力で魔獣化しているので、こいつらも手強い。氷属性になってるのはおそらくフロストサラマンダーの影響だろう、という話だ。

更に困った事に、連携してくる狼達に加え突進による突破力がある相手が増えたところで、更に時間差で今度は熊型の魔獣もおかわり。足は遅いものの高火力も追加され、梃子摺っていたとはいえなんとか互角に戦えていたところが徐々に押され始めたらしい。

重傷者や死傷者はまだ出ていないけれど怪我人は多いらしく、治療に下がっては入れ替わり立ち替わりでなんとかぎりぎりで戦線を維持してる状況との事だった。

私が助けた冒険者達の話によると、北以外の門に向かっていった魔獣を抑えるために防衛線から離れていたらしい。

「冬の主討伐に出てる戦力が戻ってくればなんとかなるとは思うが、このままだとそのための時間稼ぎすらできるかどうか怪しい……だが、アンタの従魔がいればなんとかなるかもしれん！　頼めるか？」

「善処します」

一応そのために来たからね、なんとかするつもりではいる。時間稼ぎくらいなら、なんとか？

ノルンに跨《また》がったまま前線に移動しようとしたところ、助けた冒険者達も一緒に来るとの事だった。さっきの自分達のように敵と間違われないように、という配慮らしい。

ありがたいけど、移動速度が落ちるのが悩ましい。でも面倒な事にならないで済むなら、断然そっちの方がいい。

冒険者達の走る速度に合わせて前線に向かって移動。途中襲ってきた魔獣は全て『石弾』で撃破。ちなみに倒した魔獣は一応全て【ストレージ】で回収してたりする。

いや、場合によっては私は途中で逃げる可能性もあるし、そもそも防衛に成功しても最後まで残るつもりはない。とはいえ戦闘に参加した以上は何かしら収入も欲しい。そんなわけで自分で倒したものに限り、死体を回収してたりするのだ。まあ、【ストレージ】の回収可能距離の問題もあるので、そのうち漏れは出ると思うけど。

と、そんな事をしてるうちに防衛線が見えてきた。木材などで作った簡易の障害物も散見する……しかしながら、大分押し込まれてる様子。ひとまず加速してこのまま突っ込む事にした。

「先に行きます」

「頼む！」

このまま押し込まれていくとまずい事になりそうなので、なんとか魔物の群れを逆に押し返すか、下がらせるかしたいところ。取り敢えず突っ込んで大暴れしてみようか。怯《ひる》んで多少でも下がってくれれば儲《もう》けもの。

そうと決まれば、まずは押されてるっぽいところから。『石弾』を連射して、大暴れしてる熊達の頭部を狙撃、爆砕させる。次に突破力のある猪と鹿。

戦場を東から西へ真っ直ぐ真横に駆け抜けながらひたすら撃ちまくる。当然ノルンとベルも大人しくはしていない。

私を乗せているノルンは飛び掛かったりはできないので、雷魔法を使いピンポイントで魔獣を吹っ飛ばしていく。密集地帯で風魔法を使うと冒険者も真っ二つになりかねないので、一応配慮してくれてるらしい。

逆にベルは大暴れ。次々に飛び掛かっては喉を食いちぎるわ、風魔法で首を刎《は》ね飛ばすわ……この子、いつの間にこんなに強くなってたの？

ノルン達の無双っぷりにちょっと引くものを感じつつ、実は私、かなりびびってたりする。

ノルンに騎乗してるから安全とはわかっていても、すぐ側まで飛び掛かってこられたりすると流石《さすが》に怖いんだよ。ノルンが回避してくれるから大丈夫だけど……。

大体、今までの戦闘らしい戦闘って全部遠距離からの狙撃しかしてないし、多少近くに敵がいた場合でもノルンかベルのどちらかが護衛してくれてたからね。

それが今回は大量の敵の中に突っ込んでるわけで……いくら【精神耐性】スキルがあっても怖いものは怖い。

鉄火場に慣れるには後どれだけこんな事を繰り返さないといけないのかと考えると、割とへこむものがある。

……そんな事を考えていると、後ろの方で私が助けた冒険者が大声を上げているのが聞こえる。どうやら私は味方だと言ってるみたいだ。

そのまま真っ直ぐに戦場を突っ切り、後ろを振り返ると魔獣側が若干下がり始めてるように見える。押し返しに成功した？　それとも一旦下がって立て直しかな？　んー、切り替える事にまだ迷ってるようにも見える……？

防衛側も立て直しした方がいいだろうから、もう一度真ん中を駆け抜けて魔獣側と防衛側を完全に切り離す事にしよう。

さっきと同じように駆け抜けながら熊と猪を優先的に狙いつつ、真っ直ぐに戦場を突っ切る。最初の突撃開始地点に戻って再び振り返って見てみると、どうやら魔獣側と防衛側の切り離しには成功した様子だ。

さて、最初に吶喊《とっかん》を開始した地点に戻ってきたわけだけど、私は一旦ここでノルンから降りて待機。ここから遠距離狙撃で雑魚《ざこ》を狙い撃つ。その代わりにノルンとベルには再び魔獣の群れに突っ込んで大暴れしてもらいつつ、ボスのホワイトファングを倒してもらう。

ノルン達と離れて大丈夫なのかって？　大丈夫大丈夫、そこは【結界魔法】を使ってなんとか凌《しの》ぐから！　ＬＶ４だからそれなりになんとかなると思うんだけど……一応、近づかれないように狙撃で対処。

元々この防衛戦の勝利条件は討伐戦力が戻ってくるまでの時間稼ぎだから、それまでならなんとかなるはず。

◇

ノルン達と別れて固定砲台を始めてから30分ほどすると、後ろの方からトリエラ達が走ってきた。

「はぁっ、はっ！　レン、大丈夫⁉」

「大丈夫です」

全員ぜえぜえと息を切らしていて、どうやらここまでずっと走ってきたみたいだ。会話をするのも儘《まま》ならないのでひとまず先に息を整えさせる。

「ふう……それで、どうなったの？」

「取り敢えず大暴れして敵を下がらせました。その後こっち側も少し下がって戦力を整えなおしたようです。その後は割といい勝負になってると思います」

遠目に見た感じだと、時折ノルンが雷撃系の広域攻撃魔法を使ってまとめて魔物を吹き飛ばしたりしている。そのお陰か思ったよりも善戦してると思う。とはいえ、実は魔獣側は後から後から増えてるので、収支としてはあまり減らせてない。

私も休まずに狙撃してはいるんだけど、正直焼け石に水のような気がする。早いところノルンがホワイトファングを倒してくれるといいんだけど……ここから見てる感じでは、取り巻きが多過ぎてなかなか近づけないみたいだ。

何か打開策はないかな？　思い切って『炸裂弾』でも撃ち込む？

だんだん面倒になってきて少し物騒な事を考え始めた頃、さっき助けた冒険者が数人近づいてきた。

「おお、こっちは大丈夫そうだな……アンタの従魔はすげえな、お陰で助かった！」

「そうですか」

戦場の状況を聞いてみると、ひとまずは優勢という事らしい。だけど完全に押し返すにも、怪我人が多くてなかなか難しいとの事。んー……。

「わかりました、これを持っていってください」

だらだらと持久戦をするよりも一気に押し返した方が楽だろう。【ストレージ】に大量に入っている回復ポーションを取り出し、適当な革袋をいくつか出して詰めた状態にして渡す事にした。取り敢えず300本もあれば足りるかな？

「これは、ポーションか？　しかもこんなに大量に⁉　いいのか⁉」

「状況が状況ですから」

とはいっても、作成の手間を除けば材料は自前なので元手はほぼゼロ。減った分はまた作ればいいし、材料の薬草もまた採取すればいい。そもそも、【ストレージ】内の在庫を考えると今渡したぐらいの量では減ったうちに入らないので何も問題はない。

「全て中級ですが、足りますか？」

「中級⁉　マジか！　足りるなんてもんじゃねえ、これだけあれば一気に押し返せるかもしれねえ！」

ほほう。なら早く戻ってなんとかしてくださいな？　こういう状況に慣れてないせいで精神的な疲労がつらい。早く帰りたい。

冒険者達が走って戻っていく姿を眺めつつも、狙撃の手は休めない。一応私の周囲ではトリエラ達が警戒してくれてるけど、トリエラ達が戦わないといけないような距離までは近寄らせるつもりはないし、そもそもみんなも結界内に入ってるので危険はない。多分。

「レン、あんなにたくさんいいの？」

「大丈夫です、まだまだありますから」

トリエラが『まだあるんだ……』とか呟《つぶや》いたり、リコとアルルが私の狙撃を真剣に見てたり、クロが周囲を警戒したりしてると、怪我人の回復と陣形の再編成が終わったのか防衛戦力の皆さんが一気に攻め始めた。

【鷹の目】で観察してみると、どうやら一点突破でホワイトファングに攻撃を仕掛けようとしてるっぽい。

狙撃で援護しつつそのまま様子を窺《うかが》ってると、ノルンとベルが大きく飛び上がったのが見えた。

多分、ホワイトファングに襲い掛かったんだろう。

すると、それから間もなく歓声が上がった。どうやらノルンがホワイトファングの首を刎ねたらしい。こっちにまでそんな声が聞こえてくる。

魔獣側のボスさえ倒してしまえば後は楽なもので、一気に掃討戦の様相になった。数は多いとはいえ、統率が取れてなければこんなものだろう。

一番やばそうな熊は私が優先的に狙撃していたので、よほどの事がない限りはこのまま勝てるんじゃないかな。

時間稼ぎどころか倒してしまったけど、別に構わないよね？

そんな戦勝ムードが漂い始めた時、なにやら北門の城壁の上のあたりで騒ぐ声が聞こえ、門横の小さな出入り口から兵士の人達が数人現れた。何かの伝令？　その人達の話を聞いた冒険者や他の兵士達が困惑している様子が伝わってくる。

……何か問題でも起きた？　どうしよう、聞きに行こうか……？　むー。

あちらの方まで話を聞きに行こうか迷ってると、さっき助けた冒険者の人が凄い勢いで走ってきて、教えてくれた。

……どうやら、街に向かってきた魔獣達のボスはホワイトファングではなかったらしい。昏倒《こんとう》していた伝令が目を覚まし、正確な情報を伝えたのだそうだ。連中の本当のボス、そいつはホワイトファングどころか……。

その時、遠くから地響きが聞こえ始めた。でも遠く、とはいってもそこまで離れた距離ではなさそうだ。

その地響きは一定のリズムで響いてくる……まるで、人が歩いているかのようなテンポで。そんな音が聞こえてくる方角には、森がある。よく目を凝らしてその森を見てみると、1本だけ大きな木が見えた。

その木は、徐々にこちらに近づいてるようにも見える。……いや、間違いなく近づいてきている。

あれは、木じゃない。あれは……。

「……巨人」

周辺の木々を薙《な》ぎ倒しながら現れたそれは、私の何倍も大きな体躯《たいく》の巨人だった。

１１８　こんなのやってられるかボケェ！

……一体何の冗談だ、これは。

巨人種。それは亜竜種と同格か、下手すればそれ以上に危険な魔物だ。とはいえ本来は山奥に生息しており、人里には滅多に出てこない。

新たに現れた巨人は身の丈10ｍはあるように見える……まともに戦っても勝てる気がしない。

私、何か悪い事したっけ？　これは一体なんの罰ゲームだ。


私が軽く現実逃避している間にも巨人は歩みを進め、完全に森を抜ける。そしてその後を追従するように大量のゴブリンとオークも森から現れた。

巨人に加えて大量のゴブリンとオーク。

劣勢だった防衛戦に勝利したと思った直後に、あんまりにもあんまりな敵の増援。……いや、むしろ本隊か。

そんな状況に呆然《ぼうぜん》としてしまったのは私だけではなく、防衛戦力の冒険者達もだったようだ。冒険者達は茫然自失《ぼうぜんじしつ》といった様子で、全員が巨人を見上げていた。

戦場にいる全員の注目を浴びながら巨人は両腕を上げると、その両手の間に氷の塊が現れた。それは徐々に体積を増していき、やがて巨人が抱えるほどの大きさへと変わる。

そして……巨人は、大きく振りかぶってそれを放り投げた。

投げ放たれた巨大な氷塊は轟音《ごうおん》と共に城壁に命中。

氷塊が城壁にぶち当たり砕け散った後には、頑強なはずの城壁に巨大な亀裂が走っていた。

氷塊が砕け散る際の轟音に、防衛部隊も含めた場の全員が正気を取り戻す。

騒ぎ立てながらなにやら走り出したり、巨人に向かって弓を射掛けたり……効果があるようには思えないけど、かといって彼らも何もしないわけにはいかない。

私も何か動かないと……でもまずは。

「トリエラ、皆を連れて城壁の中に戻ってください。ここは危ないので」

「それは……！　……っ、……そうだね。……うん、わかった！　皆、行くよ！」

「待ってよトリエラ！　レンちゃんを残していくの⁉」

「私達がいると邪魔になるんだよ！」

「……！　……わかった、行く」

リコには悪いけどトリエラの言うとおりなので口は挟まない。皆を守りながらあんなのを相手にするとか、普通に無理ゲー。というかそうじゃなくてもあんな化け物、どうやって相手をしろというのか。無理ゲーどころかクソゲー過ぎる。

トリエラ達が城門の方へと走っていってしばらくもしないうちに、再び巨人が氷塊を放り投げた。

いくら頑丈な城壁とはいえあんな攻撃を何発も耐えられるはずがないし、それを黙って見過ごすほど私は甘くない。巨人の手から放たれた巨大な氷塊に向かって数十発の石礫《いしつぶて》を撃ち込み、破壊を試みる。

さながらガトリングガンのごとき連射で撃ち込まれた石礫だったけど、氷塊の表面を多少削った程度でさほど効果もなく、２発目の氷塊も城壁へ命中。亀裂は更に大きくなり、城壁の上部が少し崩れてしまった。

いくらなんでもあれでは３発目は耐えられそうにない……そんな事を考える暇もなく、巨人は３度目の氷塊を作り始めた。

流石《さすが》に３度目を許すほど防衛部隊も馬鹿じゃない。群がるように巨人に突撃していくけど、巨人と共に現れた取り巻きのゴブリンやオーク、まだ残っていたアイスウルフ達が邪魔をして巨人に近づかせてくれない。

防衛部隊が取り巻き相手に梃子摺《てこず》るうちに氷塊は育ちきり、巨人の手から放たれた。

さて、いくらなんでも好き勝手やり過ぎじゃない？　いい加減にしなよ？

一切の躊躇《ちゅうちょ》もなく『炸裂弾《バーストダガー》』を撃ち込み、次いで【ファイナルストライク】を発動させる。

氷塊が城壁にぶち当たった時以上の爆音が響き、氷塊は粉々に砕け散った。

……さっきは何発石礫を撃ち込んでも効果がなかったからこっちにしたけど、想像以上の破壊力に私自身がびっくりだよ！

というか、『炸裂弾』でこの威力となると切り札の魔剣なんて使った日には周囲にどれだけの被害が出るか……。

自分で使っておきながらその威力にびびってると、ふと影が落ちて私の周囲が暗くなる。なんだ？　と、見上げると巨人が腕を振り上げ、拳を打ち下ろそうとしてるところだった。


……あ、私、死んだ。


スコットランド民謡が原曲の例のメロディと共に頭の中を走馬灯のようなものが駆け巡り、迫り来る巨大な拳を前に思わず目を瞑《つぶ》った。

拳の着弾に併せて轟音が鳴り響く。

ああ、あっけない最期だったなあ……でも、痛くなかったのが幸いかなあ……。

あんな大きな拳で殴り潰《つぶ》されたお陰か、痛みを感じる暇もなくぺしゃんこになってしまったのだろう。痛くなかったのはいいけど、死体が無残な押し花になってしまった事だけは残念だ。

折角生まれ変わったのに、短い人生だったなあ……と人生を振り返っていたところ、冷たい風が顔に当たる感覚がある。

おそるおそる目を開けてみれば、高速で流れる景色がそこに。

「あれ？　ノルン？」

首を回して確認してみると、ノルンが私の襟首を咥《くわ》えて疾走してるらしい……どうやらノルンが飛び込んで間一髪で助け出してくれていたみたいだ。

変に感心していると、顔に当たる冷たい風に生の実感がわき始め、恐怖で身体が震え出した。

いやいやいやいやいやいや、無理！　無理無理無理無理！　無理！　死ぬから！　あんなの相手に戦うとか無理！

失禁しそうになるぐらいの恐怖で全身がガクガクと震え、カチカチと歯が鳴る。そのまましばらく走っていると不意にノルンが立ち止まって私を地面に下ろした。その場でしゃがみ込み、膝を抱えて小さく丸まって震える。

しばらくそのままでいると不自然なぐらいに急速に心が落ち着いてくる……ああ、【精神耐性】か。便利なんだか風情がないんだか……そんなくだらない事を考える余裕まで出てくる。

立ち上がり、大きく一つ深呼吸……うん、落ち着いた。

「ごめんノルン、もう大丈夫……それと、助けてくれてありがとう」

「わふっ」

ノルンに頬《ほお》をべろんと一舐《ひとな》めされた。慰めてくれてる？　不甲斐《ふがい》なくてごめんね？　しっかし……はー、命懸けの戦闘とか、性に合わないわー……。漏らすかと思った。

いや、幸い今回は漏らしてないけどね。でもやっぱり近接戦闘は私には無理だ。チキンの私には遠くからちまちまやるのがお似合いだよ……。

少し落ち着いてちょっと調子も戻ってきたかな、というところで改めて周囲を確認。そこそこ離れた所に巨人が見える。

巨人の足元では冒険者達と……あれは、ベル？が、動きを邪魔してるように見える……うーん、冒険者達は足元だけをちまちま攻撃してるだけで、あまり効果的にダメージを与えてるようには見えないなあ。動きを邪魔してるという点では効果は出ているようだけど、ベルの攻撃魔法が一番効いてるようにも見える。

むしろ折角下から攻撃してるんだから、急所狙えばいいんじゃない？　竿《さお》とかタマとか？　……あ、試しに想像してみたら、なんだかかつて存在していた股間《こかん》の一物がキューッとなったような気がする。うん、この案はなしで。

っと、ぼんやり考え事してないで私も参戦しないと。ベルが怪我でもしたら嫌だし。急いでノルンに騎乗し、戦線復帰だ！


そして戦場目指して移動しながら色々なスキルを使って巨人を観察。

この巨人はさっきから氷属性魔法を使ってるところからわかるように、ただの巨人ではなく氷属性のフロストジャイアントだ。あれだけ巨大な氷塊をぽんぽん作って城壁を攻撃してるところを見るに、魔力も高く魔法が得意で知性も高いようだ。

また、自身の周囲や身体の表面に氷の魔力をまとって防御力を上げてるらしい……【解析】便利だなぁ。

さて、防御が厚いとなるとさっきまでの『石弾《ストーンバレット》』では防御は抜けないか。となると岩石サイズの弾丸を……って、さっきからやたらと巨人と視線が合う気がする。なんだか私の事を警戒してる？　あ、もしかしてさっきの対空迎撃で脅威と認識された？　うわ、やめてよマジで……。

げんなりしながらも巨人の近くまで接近し、早速１ｍサイズの岩石の弾を飛ばして攻撃開始。先ほどまで使ってたのが『石弾』なら、今度は差し詰め『岩石砲《ロックキャノン》』ってところかな？　見た目だけなら『球』魔法に見えなくもない。爆発しないけど。

初弾命中、多少よろめいた。効果ありかな？

そのまま時計回りに大きく弧を描き移動しながら撃つ、撃つ、撃つ。が、あまり効果は見られない。

どうやら魔力障壁の濃度を上げているらしく、最初の一発以降は防御を抜けていないようだ……なら、弾速を上げてみるか。

更に速度を増した弾丸は見事魔力障壁を抜いて着弾、巨人の腕に怪我を負わせる事に成功！　でもそれで怒らせてしまったらしく、巨人は大暴れし始めた。

暴れる巨人の近くは流石に危ないため、冒険者達も距離を取って遠距離攻撃に切り替える。当然私もそれに倣《なら》うように更に距離を取って狙撃を継続。

しかし巨人も馬鹿ではなく、私の方に目掛けて自身の拳大の氷塊を雨霰《あめあられ》と飛ばして邪魔をしてきた。どうやら完全にロックオンされてしまったらしい。

ジグザグに回避運動をしながら華麗に避けるノルンのお陰で掠《かす》り傷一つ負う事はないけど、これではまともにダメージを与える事もできない。

ノルンの激しい回避行動にフードがはだけ、【偽装】で白銀に色を変えた髪が舞った。いつの間にやら三つ編みも解けていたようだ。

巨人の周囲では冒険者達も立ち回っているので、彼らが踏み潰されないように巨人の動きを邪魔するための援護として、牽制《けんせい》射撃。

どうする？　『炸裂弾』を使う？　あれなら確実にダメージを与える事ができるはずだけど……。

そのまま牽制射撃を続けながら次の一手を思案していると、巨人から強い魔力を感じる。慌てて巨人の方に視線を向けると、巨人の周囲に氷雪の竜巻が発生し、自身の周辺を薙《な》ぎ払っていた。

なんじゃそりゃあ⁉

巨人の周辺を吹き飛ばした竜巻は消える気配もなく、その巨体をすっぽりと覆い隠している。

様子見に岩石を飛ばして攻撃してみるも、弾き飛ばされてしまう。もっと大質量じゃないと抜けそうもない……？　でも変に巨大な岩を作っても無駄にＭＰばかり消費して効率よく飛ばせる気がしない。

となるとやはり、強力な魔力をまとった『炸裂弾』で一点突破するしかないか……。だけどあまり遠距離から撃ち込んでも弾かれそうな気がする。できればもっと接近して……。

行動阻害としてはともかく、ダメージソースとしてはあまり効果が見られない牽制射撃を続けながらダガーを撃ち込む距離を考えていると、竜巻の向こうで巨人が両手を上げるのが見えた。

あ、やべ。

このまま黙って見ていればまた城壁を攻撃されてしまう。あそこまで亀裂が入った城壁では流石に次の攻撃には耐えられないだろう。

巨人の手から放たれた氷塊に慌てて『炸裂弾』を撃ち込み【ファイナルストライク】発動、爆砕。

再び邪魔をされた巨人は怒り心頭のご様子で、こちらに激しく氷の礫を降らせてくる。

これはもう覚悟を決めるしかないか。

MP回復《マジックヒーリング》ポーションを飲んで消耗したMPを全快させ、次にMP自動回復《マジックリジェネ》ポーションを飲んで戦闘継続能力も向上させる。

「……『ソードバレット』展開」

次に【ストレージ】から10本の『炸裂弾』を取り出し、『バレット』を使って周辺の中空に滞空させる。

最後に【精神耐性】スキルを強く意識。それによりざわついた心が凪《な》いでいく。

完全に意識を切り替えると巨人を見据え、大きく深呼吸を一つ。さあ、吶喊《とっかん》だ！

左右にステップを踏み、氷礫《ひょうれき》を回避しながら巨人に向かってノルンが駆ける。時折直撃コースで私に向かってくる氷の礫は全てベルが破壊してくれる。

ベルと『炸裂弾』の群れを引き連れ巨人を目指し、ノルンが駆け抜ける。

そうしているうちにかなりの距離まで近づいたけど、まずはあの竜巻の防御を無力化しないといけない。

「『炎の壁《ファイアウォール》』！」

大量の魔力を注ぎ込み、巨大な炎の壁を発生させる。

【魔法効果増幅】により威力の増したそれは竜巻ごと巨人を囲み、瞬く間にその氷雪の竜巻を融解させた。

ごっそりと魔力を持っていかれたせいかぐらぐらと眩暈《めまい》がする。少し無理をし過ぎた。歯を食いしばって耐えていると、MP自動回復ポーションの効果でMPが徐々に回復し、楽になってくる。くらくらする頭を軽く振り、視線を上げると炎に巻かれた巨人が地団駄を踏んで暴れていた。急な展開に混乱しているらしい、上手《うま》くいったようだ。

巨人の注意が逸れているうちに死角へ移動する。

反時計回りに巨人の背後へ移動すると、その隙だらけの背中目掛けて『炸裂弾』を放つ。

巨人の背中に命中したダガーは爆砕し、破壊をまき散らした……が、致命傷には至らなかったようだ。肉が爆《は》ぜ、筋組織や肋骨《ろっこつ》が見え隠れしているけど、絶命にまでは至らない。どうやら体内にも魔力を張り巡らせ、急所を守っているらしい。

見た感じ、もう残り全弾撃ち込めば心臓を破壊できるかもしれない。が、相手も馬鹿じゃない。流石に何度も背中を晒《さら》してはくれそうにもない。

どこか、弱点は……【魔力感知】を使い、防御の薄そうな所を探る。

手足は魔力が薄い。頭部は胴体部以上に濃い、けれど……よし、これでいこう。

ノルンの速度を更に上げ、巨人の周りをぐるぐると回りながら隙を窺《うかが》う。巨人も私を視界に収めようとその場で回り出す。

当然『炎の壁』は健在だ。３回ほど回ったあたりで目が回ったのか、バランスを崩したのか、巨人は思いっきり炎の中に足を突っ込んだ。

足を焼かれて軽く飛び上がった巨人はまさに隙だらけ。狙い放題だ。まずは完全に機動力を削ぐために右の膝裏目掛けて『炸裂弾』を撃ち込み爆砕、膝から下を喪失させる。

片足を失った巨人はその場に倒れ込み、四つん這《ば》いの状態であまりの痛みに叫びを上げ始めた。

後は簡単だ。大きく開けたその口に『炸裂弾』を３発も撃ち込めばいい。

一際大きな爆砕音と共に巨人の頭部が爆ぜ、後には巨大な首なし死体だけが残った。

しばらくの沈黙の後、後ろの方で大歓声が上がった。

◇

……はぁ、終わった……疲れた。

もうクタクタだ。一歩も動きたくない。早くお風呂に入って寝たい。

ノルンに乗ったまま周囲の状況を確認してみると、取り巻きの魔物はまだまだたくさん残っているようだ。でも流石にもう動きたくない、後は全部任せよう。

あー……この巨人、どうしよう？　素材は色々使えるだろうし、Ａランクの魔物の魔石となれば魔剣作成に大いに役に立ちそうだ。魔石だけでも欲しいなあ……。

冬の主の討伐隊が戻ってくる前に交渉して、それだけでももらえないかな、などと勘定していたら、更に大きな歓声が上がった。

顔を上げて見てみると……げっ。

マジかー⁉　討伐隊戻ってきちゃったじゃん！　やべえ、逃げないと！

あの大勢の中からベクターさんだけ見つけて口裏あわせとか、ちょっとできる気がしない。ああ、巨人の魔石……あああああああ！　クソッ！　諦めるしかない！

もうすっぱりと色々諦めて脱兎《だっと》のごとく戦場から離脱。森を目指して逃亡だ！

畜生！　あんなに苦労したのに！　あああああああああ！　魔石！　私の魔石ぃぃぃぃぃぃぃッ！

１１９　閑話　とある冒険者の話？

やあ、僕はベクター。どこにでもいる普通の冒険者さ。

え？　嘘《うそ》をつくな？　別に嘘なんて言って……あ、知ってるの？　なるほどね。

んんっ！　……うん。私はベクター・ゲオルギウス・オストラト。ゲオルギウス王国の元第二王子にして現オストラト公爵だ。

……ごめん、もうやめていい？　こっちの口調、あんまり好きじゃないんだ。

◇

それでなんだっけ？　ああ、冒険者としての僕の事だったね。うん、冒険者というのは世を忍ぶ仮の姿、という奴だよ。まあ、色々と事情があってね……いや、そう難しい話でもないんだけど。

王族、しかも上の方の王子となると王位継承権の関係で命を狙われる事も多いんだよ。簡単に言うと、それが嫌になってさっさと臣籍降下したというだけの話なんだ。

王族としての教育を受けていたから、その義務とか責任とかも理解してるしそれを果たすつもりもあるけど、政争だの謀略だのと、そういったものに少し疲れてしまってね……元々王位に興味はなかったから、思い切ってみたのさ。

12歳になった頃から身分を隠して冒険者として活動を始めて、15歳で成人を迎えた時に新たに公爵家を興してもらって臣籍降下。ただ、その直後に冬の主と戦う羽目になるとは思いもしなかったけどね……。

それなりに仲良くしてもらっている中立派の貴族に、家の相続権を放棄して自分の才覚のみで成り上がった人がいてね。その人の真似《まね》をしてみただけなんだけど、思ったよりも上手《うま》くいった気はするよ。その人は一代で辺境伯まで成り上がってるちょっと色々おかしい人なんだけど、まあ、真似事としてはそれなりに、ね。

ただ、王位継承権を完全に放棄できなかったのがちょっと……多少下がった程度で未だに1桁なのは悩みどころかな。

領地経営？　そっちは特に問題ないよ。王家直轄領の中でも元からそれなりに豊かな土地を割譲してもらったし、僕の側近は優秀だからね。

……元々乳兄弟として一緒に育った相手なんだけど、まあ、彼に任せておけば問題はないよ。人手不足で死にそうになってるけど。

え？　そんな状況で冒険者なんてやってふらふらしてる余裕があるのか？　いや、その人手不足を解消するための人材スカウトが主な目的なんだよ。

自分の領地で雇い入れる部下だから、やっぱり信頼できる相手じゃないとね？　それに困ってる民草を助ける事もできるし、一石二鳥という奴さ。

……別に、折角の自由を満喫してるってわけじゃないよ？　それがないとは言わないけど。

一応小まめに領地に帰って様子は見てるから、大丈夫。彼は優秀だし有能な人材も増えていってるから、まだ後数年は自由にあそ、じゃない、冒険者をするつもりさ。別に好き放題遊んでいるわけじゃないからね？

それにね、これでも隠れてあくどい事をやってる商人なんかも結構捕まえたりしてるんだよ。騎士団や憲兵も色々頑張ってはいるんだけど、なかなかね……。

そういえば先日、王城に戻った時に久しぶりに会ったアイゼンシュタイン卿《きょう》と話していたら、どこか遠くを眺めるような顔で『コウモンサマか……』とか言ってたけど、あれってどういう意味だろう？　今度会った時にでも聞いてみようかな。

◇

そうそう、ちなみに僕は今、数人の仲間と組んで活動してるところでね。

ほとんどは年下なんだけど、そのうちの一人となんとなく馬が合ったというか……1～2年ぐらい前だったかな？　冬の主討伐で名前が売れちゃって、それで周囲が騒がしくなったのが嫌になってしまってね。王都から離れてムバロ領の領都で偽名を使って活動してる時にたまたま会ったのが始まりだったと思う。

その時に会ったなんとなく馬が合った駆け出し冒険者の少年、ニールというんだけど、色々あってそのまま彼と組んで活動する事になったんだ。

最初のうちはニールと話し合って方針を決めたりしていたのに、いつの間にか僕がリーダーになってたのは苦笑いしてしまったけど。

とはいっても常に一緒に活動してるわけじゃなくて、実は他にもいくつかのパーティーとも活動してたりするよ。本来の目的は人材を集める事だから、そこはね？　でもまあ、メインはニール達との活動なんだけどね。

一応紹介もしておこうか？


まずはニール。

彼は剣士志望だね。一応僕が正規の剣術を教えてはいるけど、なかなか筋がいいよ。まだ1年ちょっとしか教えられてないのに、色々自分で考えて努力してるのがいいんだろうね。このまま行けばかなり強くなるんじゃないかな？


次にコリー。

彼女はニールの姉で……なんだろう？　小器用になんでもこなすけど、これといって秀でてるものがあるわけじゃない。今のところは一応スカウトをこなしてるけど、バランスを考えると槍《やり》とかを使って中衛に回って欲しいところではあるかな。ただ、僕に色目を使うのはやめて欲しい。

最後にテス。

テスはニールの恋人だね。昔、村に来た錬金術師に少し手ほどきを受けていたとかで、少しだけど調合ができる。お陰で回復薬に掛かるパーティー費用を少しだけ減らす事ができてる。

錬金術を習った事で魔法にも興味があるようで、時間を見て僕がたまに魔法を教えたりしてるよ。

3人とも農民上がりだけど、思ったよりも優秀だと思う。特にニールはこのまま成長してくれれば部隊の一つは任せたいところだね。後の2人は……これからの伸び次第かなあ？

あ、実はこの3人以外にももう2人、数ヵ月前にメンバーが増えてるんだ。

一人はアーバイン。

弓使いでスカウトもこなす優秀な後衛だね。元は下位貴族の三男坊だとか……。

もう一人はギリアム。

大盾装備の重戦士で、まあ、肉壁要員かな。でも彼のお陰で戦闘は一気に安定したよ。

ちなみにこの2人は配下として勧誘済み。快く了承してもらえたよ。後はニールにも少し話はしたけど、こっちは色々悩んでいるみたいだね。まあ、時間はまだまだあるから存分に悩むといいよ。

ああ、それと一人、気になる子がいるんだよね。

以前、ニールに話を聞いた子なんだけど、ニールの故郷の村の周辺の森に住んでいる魔女で、どうやら優秀な錬金術師らしい。

なんでも、致死率の高い流行病を僅か1日で完治させてしまうような物凄い効果の薬が作れるのだとか。

その時には縁があれば会って話をしてみたい、という程度にしか考えていなかったんだけど、その数ヵ月後に実際会ってみて、これはなんとしても引き入れたいと考えるようになったよ。

その時活動していた街の孤児達の面倒を見て、その生活を向上させたり、オーガを単独で倒したり、毎回大量の薬草類を採取してきたり……他にも、宿屋で見た事もない料理を披露した事もあったらしいね。

それにアーバインとギリアムも彼女に助けられた事がある、と言っていた。

当時、オーガの群れの討伐依頼が出されており、いざ討伐に向かってみれば実はその群れはロードの統率する群れで討伐隊は一転、窮地に。

2人は凶暴化したオーガに追い回されて危うく死ぬところだったらしい。そんな2人を助けたのが彼女なのだという事だった。

てっきり彼女の従魔が倒したのだとばかり思っていたけれど、彼女が変な攻撃で倒していたらしいよ？

うん、やはり興味深いね……。

ただ、彼女を勧誘する上で問題点が一つ。ニールとの関係だ。

どうやら、ニールが里帰りしていた時のいざこざで彼女の不興を買ってしまったらしく、また、ニールも融通の利かないところがあったために色々と拗《こじ》れてしまったらしい。

……まあ、ニールの方は自覚がないようだけど、明らかに彼女に好意を持ってるのが丸わかりで、それで態度が変になってしまったのが原因なんじゃないかな、と思うけど。

問題の彼女、名前はレンというらしいのだけど……色々話を聞いたり、実際に少し話をしてみてわかった事だけど、彼女は非常に面倒くさい性格の人物のようだった。

この手の人物は下手に押すよりも少しずつ縁を深めていく方がいい。そう思い、偶然を装って挨拶をしたりして、徐々にお近づきになろうとしていた矢先に急に街からいなくなってしまったんだ。

ニールも少し落ち込んでいたようだけど、彼の伝手《つて》では情報は集まらなかったようで更にがっくりとしていたね。

僕の方は彼女相手によく窓口業務を担当していたギルドの幹部職員から聞いた情報の断片から、どうやら王都に向かったらしいと見当を付けた。

王都か……今年の冬の主討伐の関係で、そろそろ向かおうと思ってたところだったから丁度いい。別段付け回して勧誘するつもりはないけど、せめて顔見知りから知り合い程度にはなっておきたいかな。

結局王都に着いたのはそれから数ヵ月ほど後になってからだったけど。

いや、僕も遊んでるわけじゃないからね？　色々とやる事があるんだよ……領地の様子を見に帰ったり、他の人材を勧誘したり。

それに王都に着いた後も討伐のための装備を整えるのにあちこち顔を出したりしないといけないし……一番気に掛かってる事ができないというのは、あんまり面白くないよね？

◇

王都に着いて数日後。

城に顔出しして父上……陛下に話を通して、対冬の主用の魔剣の素材の都合をつけた頃には丁度収穫祭の時期だったから、そこで一旦一息つこうと全員自由行動にして祭りを楽しもう、という事になったんだ。

僕も色々楽しんだ後、最終日の武術大会に出場してみたりもした。

その試合中、誰かが僕のステータスを覗《のぞ》こうとした感覚があったりしたんだけど、こういう大会だと誰しも相手の情報を得ようとするものだからそんなに珍しい事でもないし、そもそも【偽装】スキルと魔法の装備品で色々誤魔化してるから、僕の正体がばれるという事はまずない。

でも、ニールとの試合の時に【偽装】を見抜かれたような嫌な気配を感じた気がするんだけど、あれは気のせいかなあ？

とまあ、そんなちょっと気になる事があったりもしたけど、その後の意外な再会でそんな事はどうでも良くなってしまったんだ。

収穫祭が終わってから数日後。対冬の主用の剣を依頼するために以前の冬の主用の属性剣を打ってもらった鍛冶師の元を訪ねたところ、そこであの少女と再会したんだ。

以前会った時とは違ってフードを被《かぶ》っていなかったから最初はわからなかったんだけど、変な顔をしていたニールに教えてもらってようやく気付いた。

いやはや、フードの合間からちらちら見える限りでも綺麗《きれい》な顔立ちをしているな、とは思っていたんだけど、まさかこれほどとは……。

でも驚かされたのはそれだけじゃなかった。なんと彼女は、属性剣の鍛造を依頼しようと思っていたアルノー氏よりも強力な魔剣が打てるというんだよ。

属性剣どころか、魔剣？　この子が？

アルノー氏は王都でも、いや、王都どころかこのゲオルギウス王国を含めた近隣の国を合わせても一、二を争うほどの腕を持つ一流の鍛冶師なんだ。話を聞いていると、どうにもその彼自身が自分よりも上と思ってる節すらあるというのは……それも、いくらなんでもこんな子供が？

その後も2人のやり取りを聞いていると、アルノー氏と彼女自身の態度から見てもどうやら彼女が魔剣を打てるのは間違いないようだった。

最初は半信半疑だったけど、アルノー氏でも前回以上の剣を打つのは難しいという事だったから、だめで元々と思って気乗りしていない彼女になんとか頼み込んで、依頼する事はできたんだけど……。

いや、まさかあれほどの魔剣を作れるとはね……いくらなんでも【ウェポンスキル】付きの魔剣とか、普通は予想できないよ？

そもそも普通の魔剣どころか【ウェポンスキル】付きの魔剣が打てる鍛冶師なんて、ここ数百年は現れた事がない。それこそずっとずっと昔の大錬金術師や伝説の鍛冶師くらいのものなんだ。

王都周辺の平野部で試し撃ちしてみたけど、あまりの火力に変な笑いが止まらなかったよ。

セットで作ったという魔法の盾もとんでもない事になってるし、おまけと言っていたマントですら色々凄い事になってて……後からニールに聞いた話だけど、その日の僕はずっとニヤニヤしてたらしい。気を付けないと。

ともあれ、これは何がなんでも彼女とお近づきにならないとまずい。これほどの魔剣を打てる魔剣鍛冶師が他国に渡ってしまったら、なんて考えるとゾッとする。

それに彼女は他にも色々なものが作れるようだし、ここは約束どおりにしっかりと護衛を付けておかないとね。

その後、陛下に話を通して王家の暗部を一部借り受ける事ができたのは幸いだった。先に見つけたのは僕だから交渉の優先権も僕の方を先にしてもらったし、仮に僕が失敗しても陛下の方から交渉するはず。まあ僕が勧誘に成功しても結果的には国への還元はされるし、陛下としても利益があるならそこまで拘《こだわ》りはしないだろう。

◇

さて、その後は護衛に付けた暗部からの報告を受け取りつつ、冬の主討伐の準備も怠らずにしっかりと続けたよ。

Dランクのニール達は討伐主力部隊に同行する後方支援部隊に配置するし、Cランクに上がったばかりとはいえアーバインとギリアムには取り巻きの相手をしてもらわないといけないから、武器も防具もしっかりと準備した。

ニールは例の彼女の打った剣が欲しい、と僕に相談してきたけど、あの子の性格を考えると難しいんじゃないか、と言うと大人しく諦めたようだった。いや、でもニールの剣もアルノー氏のオーダーメイドだからね？　今の君の実力だと正直、過ぎた逸品だよ？

その後、いざ冬の主の討伐戦が始まってみればトラブルの連続で、予定どおりとはいかなかった。

冬の主を倒すために、結局魔剣の【ウェポンスキル】は最大使用回数の4回を使いきり、僕は魔力を使い果たしていたために残存する取り巻きの相手も、街の方へ向かった巨人とその手下どもの追撃にも参加できなくなってしまったんだ。

冬の主、フロストサラマンダーとの戦いで負傷していたのもあって、街に戻れたのは帰還する仲間違に背負われての事だった。

ただ、予想を遥《はる》かに超えて強力になっていた冬の主を倒した事で、僕のステータスやスキルは飛躍的に成長を遂げていた。

想像以上の成長ぶりに、これで下手に担ぎ上げられたらまた面倒な事になるかもしれないと今後の王城での立ち回りも気を付けるようにしようと考えていたんだけど、そんな時に思ってもいなかった礼を言われる事になって困惑する羽目になってしまったんだ。

なんでも、２匹の黒い狼《おおかみ》を連れた強力な魔導師が単独でフロストジャイアントを倒してしまったのだというんだよ。しかも本人が言うには、その魔導師を手配したのは、僕なのだとか。

その魔導師は狼に跨《またが》り、美しい銀の長髪を靡《なび》かせて戦場を駆け回り、魔物の群れを殲滅《せんめつ》して回った挙げ句、氷の巨人の攻撃を何度も防いだ上に、その巨人を倒すと颯爽《さっそう》と去っていったらしい。

長い髪、２匹の狼。

口元はマフラーで隠していたらしいし、髪の色も狼の色も違うけど、おそらく彼女だろう。どうにも色々な事ができるようだし、僕のように【偽装】スキルで変装ができても不思議じゃない。

それにしても、何かするんじゃないかとは思っていたけど、まさか直接手を貸してもらえるとは思ってもみなかった。これでは借りばかりできてしまって、勧誘するにも分が悪い。

それにしても、フェンリルを従え、国宝級の魔剣を打てて、錬金術師としても非常に優秀らしくて、どうやら料理の腕も凄い事になってると思われる上に、卓越した魔導師でもあるとか、ちょっと色々と盛り過ぎじゃないかい？

どうしたものかと首をかしげながら、取り敢えず彼女への報酬として巨人の魔石ぐらいは交渉して分捕らないとだめかな、と考えていたら、どうやら僕はまたニヤニヤしていたらしい。ニールに肘《ひじ》で脇を小突かれてしまった。

うーん、どうにもあの子は僕の興味を引くね。ついつい口元が緩んでしまう。

魔石を手に入れたらどうやって渡そうか？　直接持っていってもおそらく受け取ってくれないだろう。多分、手を貸してくれた事も認めないんじゃないかな？

そうなると……確か、仲良くしている駆け出しの冒険者パーティーがいたはず。その子達もどうやらこの街に来ているらしいし、そっち経由で……？

さて、これからちょっと忙しくなるかもね？

120　おう、早くしろよ！

はい、レンです。あまりにも悔しくて、ムキー！　ってなってます。

巨人を倒したのはいいけど人目に付かないように逃げ出して、その後は自宅を出していた場所まで戻って再び自宅を出して、不貞寝《ふてね》してました。

やっぱり魔石ぐらいちょろまかしてくれれば良かったなあ……こんちくせう。

でもまあ、私が自分で倒した雑魚《ざこ》は死体を全部回収してきたので、そこそこの品質の魔石とか、毛皮とか肉とかはぼちぼち手に入ってはいるわけだから、巨人の魔石はもう諦めてそれで我慢しておこう。もうほんと、心底がっかりだよ。


などと落ち込んでおりましたところ、なんとノルンが中ボスだったホワイトファングの死体を回収してくれていたのであります！

流石《さすが》にフロストジャイアントに比べれば幾分質が落ちるとはいえ、準一級品ぐらいの素材が丸ごと手に入ったので、これには私も大喜び。思わず小躍りしちゃったよ！　……すぐに息切れ起こしたけど。

……昨日戦場に出かける時にも思ったけど、この体力のなさというか慢性運動不足はなんとかしないとだめな気がする。何かあってからじゃ遅いし。いつまでもポーション頼みというのも、流石に……。

とはいっても、暖かくなってからね？　このくっそ寒い中、外で運動とかやってられないし！

……大丈夫、きっと春先の私がなんとかしてくれるよ。私、信じてる。

◇

さて、初めてのガチバトルから一夜明けてもうお昼、いい加減不貞寝も飽きたのでご飯でも食べましょうかね。お祝いがてら、カレーを！　ついでにトンカツも揚げてカツカレーにしよう、そうしよう。

ノルン達も食べる？　大盛りがいいの？　よーしよし、たーんとお食べ？　おかわりもあるぞ！

デザートにはプリンでも食べましょうかね……そういえば転生物だとどっちも定番の料理だね？

うーん……騒ぎになるのは嫌だし、人前に出すにしてもタイミングとかはちゃんと考えないとだめだろうなあ。

食後は自宅の設置場所の変更。もっとずっと森の奥の方に移動するのだ。いや、色々派手にやらかしたし、念のためにね……。

そしてその後は昨日の反省会。一人反省会。ぼっちじゃねーし！　ソロプレイだし！

いや、テイマーだから厳密には一人ってわけではないはず？　……あんまり気にしないようにしよう、なんだか悲しくなってきた……。


気を取り直して昨日の戦闘の問題点、そのいち！　自分の身の安全はもっとしっかりと確保しましょう。

そもそも私って遠距離攻撃しかできないわけだし、近接戦闘ゴミだし？　前線に出てあんな大物に殴られたら一発アウトなわけなんだから、自衛手段を増やす方向で考えよう。

つきましては【結界魔法】のレベル上げ。レベルが上がると物理防御の強度だけじゃなくて、魔法とか他にも色々防げるものの種類も増えるっぽいので、かなり重要。

ただ、ノルンに騎乗しての機動戦闘は有効だったような気はする。回避大事！


そのに！　攻撃手段を増やしましょう。

といっても私は攻撃魔法は適性がなくて使えないし、【ファイナルストライク】付きの魔剣で重爆撃……は『炸裂弾《バーストダガー》』の威力から逆算して考えるに、威力がちょっと強力過ぎてオーバーキルだし、周囲への被害も相当ヤバい事になりそうだし、そもそも目立ち過ぎる。

んー……あれだ、【ウェポンスキル】付きの魔剣を増やそう。

攻撃魔法を【ウェポンスキル】で代用する。ただ『ブレイザー』作った時に思ったんけど、相応の素材がないと色々難しいっぽい。だからまずはその『相応の素材』集めから。

……つまり、今までやってきた事とやる事はあんまり変わらない。

そのさん！　そもそも戦闘とか苦手なんだから戦闘行為自体行わないようにしましょう。

うん、ぶっちゃけこれに尽きるんだよね。そもそも私のスキル構成ってメインは生産系だし、戦闘系スキルって遠距離攻撃ばっかりだし。

とはいえ、今回はやむをえない事情故に、というわけなので次回以降はこんな事にならないように気を付けて前向きに善処する次第であります。まる。

結論、取り敢えずは【結界魔法】のレベル上げぐらいしかやる事がないというお話。巨人みたいな化け物と戦う事なんてそうそうないとは思うけど、潰《つぶ》されて死ぬとかマジ勘弁。

◇

翌日。

さっさと王都に帰りたいんだけど、トリエラ達と合流しないと帰るに帰れない。街はまだまだ落ち着いてないだろうから、多分もう2～3日はこちらに来られないと思う。となると何か暇潰しを考えないとだめかな？

暇潰し……日課？　いやいや、猿じゃないんだから。

んー、取り敢えず魔剣の構想でも練ってみるかな……。

ひとまず火力に関しては『炸裂弾』があるから良いとして、今回の巨人みたいな大物相手で有効な手段となると……動きを止める？

あの時は確か、止《とど》めを刺すために急所を狙いやすくする目的で片足を破壊して、それから頭部を狙ったんだよね。足を潰した事で動きも止められたのはラッキーだったけど。

となると、狙いやすいように動きを止めるために拘束する？　そのまま頭部を下げさせる……縛り上げて地面に縫い付ける？　んー、蔦《つた》みたいなものを全身に絡みつけて地面に拘束、とか？　あー……そうなるとどの属性がいいかな？

しなやかな感じ？　なんだか引きちぎられそう。硬い感じ？　力業で破られそう。うーん、抵抗されても大丈夫なように増殖しながら、とか……氷の蔦とか？　あ、面白そう。

思いついたら早速試作！

丁度ホワイトファングの氷属性の魔石があるので、取り敢えずこれを使おう。でも完全に混ぜ込むのも勿体《もったい》ないので、ひとまず剣の柄に取り付ける感じでー、剣自体は適当な魔剣をベースに属性を減らしてー、後は適当な感じにちょちょいのちょい。

うん、できた。我ながらバカみたいに早い。とはいっても元になる魔剣は最初からあったやつの流用だし、今回は相応に高品質の魔石もあったのが良かったんじゃないかな？　お陰で一発で狙いどおりの【ウェポンスキル】が付けられた。

今回付けたスキルは【アイスバインド】。指定した範囲内に氷の蔦を生み出して敵を拘束する能力。蔦は破壊しても後から後から再生するし、対象の敵を指定する事もできる。ＭＰ消費もそんなに大きくないので使いやすい。戦闘から逃亡する時にも便利かもしれない。

他には氷属性とか耐久強化とか諸々を『ブレイザー』より少し上、ぐらいのレベルで付与してみた。

あ、名前どうしよう？　うーん……蔦で拘束、バインド、氷？　蔦、つる《vine》……スキル名と掛けて、アイスヴァインとか？　そんな名前のワインとか肉料理があったような……？　んー、しっくりこない……氷、コールド、ホワイト？　むーん。

一旦、名前は保留しておこう。面倒だし無銘のままでもいいような気もするけど……また聞かれたりすると困るかなぁ？　あれ？　でも別に無銘でも良くない？

◇

更に翌日。

我ながら相変わらずのネーミングセンスのなさにうんざりしながらうんうんと唸《うな》ってると、朝も早くからトリエラとクロとマリクルがやってきた。

なお、自宅の場所を替えたお陰でまた迷子になった模様。流石のクロも今回は無理だったらしい。仕方ないのでいつぞやと同じようにノルンに迎えに行ってもらった。

「レン……どれだけ深い所に隠れてるのよ……」

「レンちゃ、探すの大変だった」

仕方ないんや！　ワイのせいやない、ワイは悪くないんや！

「街の方はどうなってますか？」

話を聞けば私の予想どおり、街は未だに騒がしいままらしい。

そして討伐隊や騎士団の大半はこのまま冬の終わりまで街に残り、残存する魔物の駆除に励むのだとか。

ちなみに、防衛戦に参加した街の低ランクだったり13歳未満だったりする冒険者達にも、報酬として魔物の素材が分けられたらしい。それが割と馬鹿にできない量だったとかで、孤児院に帰ってきていた他の面々も大喜びだったとか。

全員その報酬の中から孤児院にお金を入れていたという話なので、なんというか……うん。私も後で何か持たせよう、とか言ったら『レンはもう色々出し過ぎてるし、これ以上は怪しまれるからだめ』と怒られてしまった。解せぬ。

そしてそういった情報だけではなく、トリエラは私の分の討伐報酬も持ってきてくれたらしい。

ところがそれが予想外のものだったというかなんというか……。

なんとびっくり、トリエラ達は私が倒した巨人の魔石を持ってきたのだ。

え、マジで？

なんでも、昨日の昼過ぎぐらいに街を歩いていたら長身のイケメン冒険者に声を掛けられて私に渡すように頼まれたらしい。

詳しく聞いてみるとそのイケメン冒険者はやはりベクターさんだったらしく、私の取り分として討伐隊や騎士団相手に交渉して魔石を分捕ってきたのだとか。

ベクターさんはトリエラが私を連れてきたと聞いた、などと言っていたそうで、君の方から渡して欲しいとかなんとか……ついでに『助かったよ、この礼はいずれ』と伝えて欲しいとも言っていたらしい。いや、なんか怖いからお礼は遠慮しておきます。この魔石はもらっておくけど。

よし、今度会った時に何か言ってきたらすっとぼけよう。バレバレっぽいけど、認めなければいいのだ。対外的にはそういう事になっているのだから。

他にも色々と話をして、お昼ご飯を食べた後にトリエラ達は街に帰っていった。一応明後日に合流して王都に帰る約束もしたので、次に会うのはその時になる。

うーん、今度ベクターさんに会った時どうしよう……討伐に参加した騎士団は春頃に王都に戻ってくるらしいし、その時に一緒に戻ってくるのか、あるいは私と同じように早めに戻ってくるのか……いやいや、メイン火力だったんだから残るよね？

でも巨人の魔石が手に入ったのは予想外だったなあ。何に使おう？　んー、一度は諦めたものだし、さっきの魔剣の改良にでも使っちゃう？　よし、そうしよう。

勿体《もったい》ない？　いいのいいの、こういう時はパーッと使うんだよ！　さあ、早速改造だ！

そんなわけで、できあがったのがこちらになります。

形状も改良されて両手持ちの大剣となりましたこちらの魔剣、なんと【ウェポンスキル】が二つも付いているのです！　お買い得だねマイケル！　いや誰だよマイケルって⁉

新たに付いたスキルは【氷の巨人】。名前のとおり、氷のゴーレムを生み出すスキル。MP消費はかなり多め。だから『ブレイザー』と同じ魔力カートリッジを1個付けてみた。

そして巨人の魔石を使ったせいか、更に【巨人特攻】まで付いてたりする。

うーん、なんだか凄い事になっちゃったぞ……とはいえ、やっちゃったものは仕方ないので気にしないでこのまま使う事にする。大体、常に腰にぶら下げるわけじゃないんだし、へーきへーき！　大剣なんて私に振り回せるわけないし、元々魔法の杖《つえ》代わりみたいなものだもの！　細かい事はいいんだよ！

……でもまあそのうち時間みて改良して、片手剣サイズとは言わないにしてもバスタードソードサイズぐらいまでは軽量化してみようかな？

ああ、そういえば名前どうしようか迷ってたんだっけ？　うーん、そうだなあ……巨人、氷の巨人……霜の巨人？　確か北欧神話の霜の巨人が住んでる国が『ヨツンヘイム』だったかな？　って事は『ヨツン』が『霜の巨人』って意味だから……。

なら、霜の巨人と氷の蔦を生み出す剣って事で、魔剣『ヨツンヴァイン』？

折角の強力な魔剣なのに、我ながらなんて酷い名前を……！

その日の晩は相変わらずの自分のセンスに絶望し、またしても不貞寝する事になりました。もうちょっとまともな名前を思いつけるようになりたい……。

変に捻《ひね》ろうとするから良くないのか？　もっと素直に付ければいいのでは？　……いや、それでもなんだか捻くれた名前になりそうな気がする。

……私は私のネーミングセンスが一番信じられない。

◇

翌日、落ち込んでても仕方ないので気晴らしに一日中日課に励む事にしてみた。トリエラ達も明日の昼前まで来ない約束だし、今日は丸一日自由だし！　がっつり取り組むのは久しぶりだぜー！　ひゃっはー！

掛かってこいゴーレムども！　加減なんて投げ捨てて掛かってこい！　全力でだ！

……更に次の日、自重を放り投げて日課に励み過ぎたせいで疲れ果ててしまい、トリエラ達が来る時間まで寝落ちしてしまって、焦って身支度を整える羽目になったのはここだけの話。

121　フラグ？　そんなものはない！

そんなわけで帰りの車中です。レンです。

まあなんというか、寝坊したお陰でトリエラ達を待たせて風呂に入ったり皆に見られながら一人でご飯食べたりと、なかなか気まずい空気の中での出立でしたよ、ええ。

皆の視線の痛い事……全力でスルーしましたが。

なお、野郎どもは諸事情により森の外で待機してました。


帰りの馬車移動は来る時と同じで野郎どもは御者席、女子は車内。雪道歩かないでいいんだからまだマシでしょ？

ちなみに野郎どもは二日酔いでグロッキーになってたりする。さっきの諸事情というのがこれ。頭が痛くて動きたくなかったらしい。

なんでも、冬の主討伐のお祝いと、かなりの額の討伐報酬が入ったお陰で羽目を外してしまったらしく、孤児院で飲み会になったのだとか。

ケイン達も調子に乗ってお酒を飲んで騒いでいたらしいんだけど、調子に乗り過ぎて飲み過ぎてしまった様子。ザマァである。

まったく、前世の頃はお酒大好きだった私が今世では成人まで我慢してるというのに、アホどめ……羨ましいのを通り越して妬ましい。

ちなみに、飲酒は成人の15歳から認められてるけど、未成年が飲んでても厳しく取り締まられるという事はない。何分この国の冬はかなり寒いので、体温を上げるという名目で子供でも多少の飲酒は見逃されるのだ。実際は逆効果だけど。

そんな因習というか悪習のお陰か、冬以外の時期の飲酒もお祭りの時なんかは割と見逃してくれる。

とはいっても調子に乗って馬鹿みたいに飲んでれば顔を顰《しか》められるので、そのあたりは個人の良識の範疇《はんちゅう》で、なんだけどね。

とまあ、そんな事情もあってついついやらかしたんだろうけど、自業自得なので私は面倒は見ない。【創造魔法】使えば滅茶苦茶よく効く二日酔いの薬とか作れる気がするけど。

色々なサスペンションのお陰で私の馬車はかなり乗り心地がいいけど、それでもこの悪路を走っていれば時折揺れる。そして揺れるたびに苦悶《くもん》の声を上げ、呻《うめ》く男子連中。鬱陶《うっとう》しい限りである。

……言っとくけど、吐いて馬車を汚したらマジでぶっ殺すからね？

なお、トリエラ達は飲まなかったらしく、馬鹿をやったケイン達を白い目で見ていた。ちなみにケイン達に酒を勧めたのはボブだったらしい。ボブ、何やってんの……？

これでケイン達が悪い遊びを覚えた糞《くそ》餓鬼みたいになって、無駄な出費が増えない事を祈る。トリエラ頑張れ。

というかマリクルまで一緒になって飲んでたというのだから、呆《あき》れるしかない。いや、そのくらい冬の主の討伐成功が嬉《うれ》しかったって事なんだろうけど。

なお、飲酒した連中は全員、今朝二日酔いの頭を抱えたまま院長先生に説教されて悶絶していたらしい。ほんと、何やってんの……？


途中の昼休憩の頃になると野郎どもも大分体調が戻ったらしく、多少元気になったみたいだった。

帰路の食事番はトリエラ達で、私は完全にノータッチ。来る時は流石《さすが》に手を出し過ぎてしまったらしく、色々経験を積むためにも帰りくらいは自分達がやる、との事だった。お陰で私が手を出そうとすると怒られる。

昼は軽めに済ませるので、スープとパン。二日酔いにスープは効くだろうね、アルルぐっじょぶ？

昼休憩の時に後続の馬車が何台か追いついてきたけど、先行してるのが私達だった事に驚いているようだった。

あー、なんとなくだけど、理由はわかる。

雪道を進むため、馬車の前面部には雪を掻《か》き分けるための菱形《ひしがた》の器具がある。

馬に繋《つな》ぐ長柄に取り付けるこの器具は馬の前面にあるんだけど、私はこれを魔道具化して高性能化してるんだよね。

複数属性を持たせたのでさくさくと雪を掻き分けて進む事が可能になって、その上、地面を舗装して平らにする機能も付いてたりする。

これにより馬の進行も楽になり、馬車の車輪も泥や轍《わだち》に取られる事なくするすると進んでいけるのだ。

私達の後を付いてきた馬車は、さぞかし楽に進んでこられた事だろう。

ところで、往路の隊商の馬車は30分から1時間ぐらいのタイミングで、交代で先頭の馬車が入れ替わっていた。そのぐらいに雪を掻き分けて進むのは馬の負担になる。ちなみに往路の時の私の馬車は常に真ん中あたりにいたとだけ言っておこう。

とまあ、そういった諸々の事を鑑みるに、先行してる馬車が私達みたいな子供が駆ってる馬車1両だったのに驚いてるって事だと思う。

何にせよ、揉《も》め事《ごと》は困るのでご飯が終わったらさっさと先に移動再開する予定だけどね。

あ、そういえば王都からオニールに向かう馬車とは何台かすれ違った。というか、結構な数とすれ違った。

◇

オニールに残ったままの騎士団もいるし、冒険者達もかなりの数が残ってるはずだから、その分の食料の輸送が必要で、その量も馬鹿にならないんだろう。

その後も順調に進んで行き、今日は適当な野営地で夜営。冬場に村に入っても食料を分けてもらうのは色々大変だし、嫌な顔されるだけだから別にどうでもいいんだけど。

食事番はアルル達に取られたし、薪《まき》集めは野郎どもの仕事。私は最初に土魔法で竈《かまど》だのを作った後は特にやる事がなくなってしまって暇だったりする。

あ、一応馬を囲うための屋根付きの簡易厩舎《きゅうしゃ》も作ったかな。

これ、往路の最初の頃は作らなかったんだけどね。ほら、私の馬ってゴーレムだから、馬専用の大きなテントとか張る必要なかったし。

でも、隊商と同道するようになってからは毎回作るようにしてたんだよ。どうやらゴーレム馬って今までなかったらしくて……目立たないようにするために魔法を使って厩舎を作って、別の意味で目立つという ね……はい、結局目立つという結果になりました。

特にする事もないのでぼーっと焚《た》き火《び》を眺めていたら、何故かケインが近づいてきた。

「なあレン、ちょっと付き合ってもらっていいか？」

「嫌です」

お前と話す事なんて何もねーよ。往路でも一言も話さなかったのに、一体なんのつもりだ。

「……いや、すぐ済むから、少しだけでもだめか？」

「だめです」

「……」

お前のために使う時間は存在しない。目障りだから早く消えてくれないかな？　そう思って無視していたらトリエラとマリクルが話しかけてきた。

「すまん、レン。少しでいいからケインの話を聞いてやってくれないか？」

「私も一緒にいるから、少しだけ聞いてやってくれない？　とはいっても私もあんまり気乗りしないんだけど」

２人が非常に申し訳なさそうに頼んできた。むーん、この２人が頼んでくるなら、少しは時間を使ってもいいかな……トリエラは不本意っぽいし、多分ケインの我儘《わまま》とかお得意の独善とかだろう。時間の無駄なんだけどなあ。

仕方ないので重い腰を上げて馬車の陰の方に移動し、ケインの話を聞く事にした。

「それで、なんですか？」

「そのな、俺、もっと頑張って金を貯める事にした」

……要は、私がトリエラに持たせて孤児院に色々と支援したのを見て、自分も、と思ったという事らしい。

私はトリエラ経由で毛布代わりの毛皮や湯たんぽ、小麦粉、他の食料を買うためのお金などを支援していた。そういった私からの支援物資を見て、自分もお金や冒険者稼業で得た物資を孤児院への支援に回せるんじゃないかと思ったらしい。

まあ……それはそうなんだろうけど、パーティーを組んでる以上、その稼いだお金ってケイン一人の意思でどうこうしていいものじゃないってわかると思うんだけど？　いや、ケイン個人の取り分からだけ出すっていうなら止めはしないけどね。

それにさあ……。

「だから、頑張って金を稼いで、孤児院のために色々しようって思ったんだ」

「はあ、そうですか。それで？」

「え？　だから俺、これから頑張るから」

「はあ、だから？」

「え？　だからって……その……？」

いや、そんな話聞かされても、だから何？　としか言いようがないんだけど。やりたい事を好きなように勝手にやればいいんじゃないの？　いちいち私に報告してくる意味、ある？　ないでしょ？

「えっと……頑張って金を貯めて、それで、最終的には孤児院の経営権を買い取ろうかなって……」

「はあ、そうですか。まあ、好きにすればいいのでは？」

普通に考えても売るはずがないと思うけどね。商人の方になんにも利益ないし。はっきり言って、経営権を買い取れるだけのお金というのであれば私は既に持っている。でも、お金を持ってても実際に買い取れるのかどうかは別の話。相手に売る意志がないと意味がないんだよ、商取引っていうのはね。そしてその商取引というのは基本的に双方に利がなければ成立しない。こういうところがケインは馬鹿なんだよなあ……まあ、私の場合は更に契約書とかも絡んでくるんだけど。

多分、お金は貯められるというか、貯めると思う。それもそれなりに早く。でも、お金を貯める事と商人が経営権を売る事は別だっていうのに気付かないあたりが、ケインがだめなところ。

後、そういう事を態々《わざわざ》私に先に言うあたりがもっとだめ。黙って貯めて、実際に買い取ってから言えばいいのにね。

「それで、頑張って孤児院を支援して、お金を貯めて経営権を買い取って、それで？」

「え？　いや、それで……」

多分あれだ。頑張ったっていうところを見せて、私に謝罪を受け入れさせたいってところなんだろうと思う。でも、そういうの先に言うのってどうなの？　宣誓といえば聞こえはいいけど、ただの格好付けに見えるんだよね、ケインの場合。孤児院にいた頃もそうだったし。

態々これからやる事を先に言って、それを実行して成功して賞賛を浴びる、みたいな事をよくやっていた。それを知ってる身としては、ただ白けるだけだよ。

「いや、えっと……それだけなんだけど……」

「はぁ………まあ、好きにすればいいんじゃないですか？」

大きく溜《た》め息《いき》一つ。多分頑張れって言って欲しかったんだろうけど、正直どうでもいい。

経営権の買い取りは実は私も考えていた。その場合は契約書の問題があるので間に信用できる仲介人を挟まないといけないいんだけど、その信用できる相手を見つけるのが問題だった。

次に考えていたのは、冒険者として活動してランクを上げ、信用を高めてから王都の詰め所に商人の事を報告する事。

オニールの詰め所では揉み消されるし、それは商人の本拠地でも同様だろう。だから王都で直接、というわけだ。

ただ、この方法は信用がないと難しい。普通なら一介の下位冒険者が何を言っても無下にあしらわれて終わるだけだ。だから、高位冒険者となって信用を得ないといけない。

最後に、権力者にコネを作る方法。実は今はこれを実行してる最中だったりする。

簡単に言うと、件《くだん》の商人以上の権力者にコネを作って、優先的に商人を裁いてもらうわけだ。私の場合はベクターさんだ。

最初はただのウザイ奴の仲間だった。でも、身分を隠して鍛冶依頼をしてきた時に恩を売って利用できないかと考えて、色々押し付ける事にしたのだ。

一つ一つは小さい恩でも、いくつも重なれば無理も通せるかもしれない。魔剣作成の時も盾やマントをサービスしたし、フロストジャイアントの件でも恩を売れたはず。

このまま恩に着せていけば、それなりに近いうちに商人の事をなんとかしてもらえるんじゃないかと思ってたりするんだよね。

ただ、下手にこっちから交渉を持ちかけたりすると借りになっちゃうので、そのあたりの加減が難しい。そう考えるとあちらが気を回して勝手に処理してくれるのが理想だ。

それに向こうもこっちにコネを作ろうと思ってる節があって、フロストジャイアントの魔石を寄越してきたあたり、なかなか食えない相手だとも思ってたりするんだけど。

「その……それが言いたかっただけだから……」

「そうですか」

そう言うと、ケインは肩を落としてなんだか落ち込んだ様子で焚き火の方に歩いていった。

「レン、もうちょっと言い方があったんじゃないか？」

マリクルが眉をひそめてそんな事を言ってきたけど、そっちの、っていうかケインの事情なんて知らんがな。

「正直、どうでもいいです。孤児院に関しては私も色々考えてましたし、ケインも何かしたいというなら好きにすればいいのでは？」

「色々って、何するつもりなの？」

トリエラも混ざってきた。何って言われても……取り敢えずさっき考えてた事の要点を掻い摘《つま》んで説明する。既にお金が貯まってる事は明かさないけど。

「レンも色々やってたんだ……そうなるとケインは空回って終わりそうだね」

「ケインには余計な事言わないでくださいね」

余計な事して邪魔されたり、一緒に頑張ろうとか言われても困るので、釘《くぎ》を刺しておく。

「一緒にやった方がいいんじゃないのか？」

「一緒にやりたくないから言ってるんです。そんな事になったらすぐに調子に乗りますよ」

「……」

ケインと一緒とか、普通に嫌。そう言うとマリクルは黙った。奴の過去の行動を振り返れば私の言ってる事に反論はできない。

「まあ、やりたいというなら好きにやらせておけばいいと思いますよ。でも、パーティー資産の遣《や》り繰《く》りもありますから、そのあたりは厳しくしておいた方がいいんじゃないでしょうか？　ケインがやりたいというのならケインの個人資産からやらせるとか、話し合った方がいいと思います」

そのあたりきっちりしておかないと、あの馬鹿は間違いなくパーティー資産に手を付けると思うよ？　私がそう言うと2人は難しい顔をして黙り込む事になった。さもありなん。

ちなみに2人も個人資産から孤児院の支援にお金を出すつもりでいたらしい。あ、そういえば前にトリエラも孤児院に仕送りしたいって言ってたっけ。

という事は前々からこの2人はそのあたりの事を色々考えていたというわけで、そこにしたり顔でケインが混ざってきた、という感じだったりするんだろう、多分。

ただまあケインの事だから、実際に仕送りする時には自分が最初に言い出したと言わんばかりの顔をしそうな気がしてならない。

その後は晩ご飯を済ませて就寝。翌日もさくさくと進んでいった。早く王都に帰って鍛冶修業の続きをやらないとね。

122　クロ、恐ろしい子！

今日も今日とて帰りの車中。何もしないでいいのって楽でいいよねー、って普通は思うんだろうけど、実際は非常に居心地が悪い。往路でお世話になったからとかどうでもいいから、私に料理を作らせろー！

「あー、早く家に帰りたいなー」

「ん。早く帰りたい」

リコとクロがそんな事を言っている。私も早く帰って鍛冶やりたい。この冬の間に鍛冶スキルをＬＶ10にしちゃいたい。

うーん、他にも色々上げたいんだけどね……と言いつつ、たった今も【結界魔法】を使ってレベル上げの真っ最中だったりする。ちなみに野営中も使ってたりする。お陰でそろそろレベルが上がりそうな感じがする。やっぱり地道な努力が一番の近道だね。

「そういえば、私は見てなかったんだけど、レンって凄かったんだってね？」

「はい？」

え？　何？　何の事？

「防衛戦。マリクル達は城壁の中に避難しないで戦ってたから、レンが巨人と戦ってるところを見てたんだよ。それで、帰ってきてからケインが『レンが凄かったー！』って、やたら興奮してた。あ、レンの名前とかは言わないようにすぐ殴りつけておいたから安心していいよ」

「あー」

そういえばトリエラ達には城壁の中に避難するようにって言ったけど、あの場にいなかったマリクル達がどうしてたのかって知らなかったな。

「なんか、凄い炎の魔法使ったとか、よくわからないけど爆発する攻撃をしてたとか……一体どんな魔法使ってたの？　石飛ばしてたのは『矢』魔法でしょ？」

「炎の方は、『壁』魔法です。私は『炎の壁《ファイアウォール》』って呼んでます。石の方は、『矢』魔法の応用みたいな感じですね。爆発の方は……秘密です」

「あ、切り札みたいな感じ？　聞いたらまずい奴だよね、それ」

「えーと……」

「言いにくいなら言わなくていいよ。切り札とか奥の手は仲間にも秘密にしてるって冒険者は多いみたいだし、私もそうした方がいいと思うから」

むう、申し訳ない……。

んー、『炸裂弾《バーストダガー》』の方なら教えてもいいかなー、とは思うんだけどね。うん、まあ、本当の切り札の魔剣の方を教えるのは流石《さすが》に無理だけど。そっちは結局使わないで済んだしね。

ただ、『炸裂弾』の方も、教えるとなるとどうやって飛ばしてるのかって話になるからなあ……結局はだんまりを決め込むしかなくなるんだよね。石礫《いしつぶて》の方は『矢』魔法って誤魔化せるんだけど。

「すみません……」

「いいよいいよ。ごめんね、言いにくい事聞いちゃって。えーっと、炎の魔法の方は聞いても大丈夫？」

「そっちは大丈夫です」

うん、そっちは別に固有《ユニーク》スキル使ってないから、問題ない。

「レンが使った炎の魔法って、巨人を囲って逃がさないくらい大きな炎を出したって聞いたけど、それってどうやったの？　スキルレベルが高いとか、そういう感じ？」

「スキルレベルもありますが、私も【魔法効果増幅】を覚えたので、それを併用したんです」

「えっ⁉　あのスキルってそんなに凄い事できるようになるの⁉　私もレベル上げたら同じような事できるようになる？」

おお、ここまでは興味津々って感じで黙って聞き入ってたリコが食いついてきた。あー、でもどうだろう？　私の場合は火魔法のレベルはマスターレベルの10だし、魔力も高いからなあ……魔法系の才能があったとしても普通の人族が同じ事できるようになるかって聞かれると、なんとも言いがたい。

「んー……どうでしょう？　スキルレベルも高くないとだめですし、魔力も多くないと難しいと思います」

その上、あの時使った『炎の壁』にはMPを1000以上注ぎ込んだ。普通に考えたらなかなかできる事じゃないと思う。

「なるほど、つまりは頑張れって事だよね？　私、頑張る！」

お、おう。相変わらずやる事がわかってる時は凄い前向きな子だ。結果がついてくるかはわからないけど、努力しない事には何も変わらない。頑張れリコ！

「あ、それとマリクルがなんだかレンの髪の毛の色が変わってたとかなんとか言ってたんだけど、そっちも何かやったの？　私達といた時はフード被ってたから気付かなかったけど」

「えーと、そっちは魔法とスキルの応用で、変装……というか、そんな感じで」

「え、そんな事もできるの⁉　ああ、そういえばあの時、初めて見た黒い大きな狼《おおかみ》いたけど、アレっていつものレンの狼だったの？」

「ええ、まあ。やってみましょうか？」

髪の毛だったらすぐできるし、そのぐらいなら見せるのは別に構わないかな。

「すぐできるの⁉　見たい！」

お、おう。ぐいぐい来るね……。

実際に髪の色を変えて見せて驚かれたり、トリエラ達の髪の色も変えて驚かせてみたりと、そんな感じに魔法関連について色々と話し込んだり遊んでみたりしているうちに、今日の野営地に到着。

そしていつもどおりに竈《かまど》とかの準備をした後はまたしても暇を持て余す私。みんな楽しそうに色々準備してるのに、私だけ除《の》け者とか……しょんぼり。

特にする事もないのでぼんやりと野営地を見回していると、私達以外にも隊商っぽい方々の馬車がちらほら。ちなみに全部王都からオニールへ向かう馬車で、逆にオニールから王都へ向かう馬車は私達だけだったりする。いや、全部振り切ってきたんだよね、早く王都に帰りたくって。

ほら、除雪魔道具のお陰で私の馬車の走った後って舗装されるから、付いてくるの楽になるでしょ？　それで、帰路の最初の方って野営の時に色々聞いてくる人が何人かいたんだよ。面倒だから適当にあしらったけど。

いや、商人からすると冬の間の移動が楽になるっていう点で、冬にも行商できれば収入が増えるとか、そういう理由で聞いてきたんだと思うんだけど。でもこういう魔道具の相場ってよくわからないから、今回はパス。

そのうちに気が向いたらまた適当に特許登録とかするかもしれないけど、今のところそのつもりはなかったりする。お金には困ってないし、面倒だし。

そもそも魔道具の特許って商業ギルドでいいの？　うーん？

ぼんやりとみんなの野営準備を見てると、ボーマンが食事の準備を手伝っているのが見える。実は帰路での食事準備、全部ボーマンも手伝ってるんだよね。

アルルにどやされながらも色々聞いて動いてるのを見るに、屋台を出すのは諦めてなかったようで、頑張る事にしたらしい。正直、ちょっと予想外だった。

ちなみにアルルは私が教えたレシピの類はまだボーマンには教えていないらしい。教える時は、ある程度ボーマンの事が信用できるようになったら、他の人に教えないように念を押してから教える、との事だった。

うん、ケインの取り巻きだけあって、おだてられたらすぐに調子に乗ってべらべらしゃべる姿が眼に浮かぶ。かつての三馬鹿はええかっこしいだったので、少し褒められるとすぐ調子に乗ってやらかすアホ達だったのだ。でもまあ、今のところは問題なさそう？

なお、一番の成長株のリューは情報の大切さを理解しているらしく、色々なものをじっと観察している姿をよく目にするようになった。知識や情報は財産だ。聞いても教えてもらえない事というのはとても多い。だからその姿勢は間違っていない。

それにわからない事はなんでも聞いてくるし、余計な事というか、話していい事と悪い事を考えて話すようにしている節もある。これがかつてのあの馬鹿王の姿とは……孤児院に帰った時も皆に驚かれていた、とはマリクルの弁。そしてやっぱりリューは昔の事を皆に散々に言われて少し落ち込んでたらしい。

◇

夕食の時、急にマリクルが大声を上げてケインを怒鳴り出した。

「お前、何考えてんだ⁉」

「え？　だって、その方が良いだろ？」

そのまましばらく続くマリクルの罵声。聞こえてきた内容から、ケインがまたアホな事を考えていたのが判明した。

……どうやら、孤児院の経営権の買い取りについて色々話し合ってる時に、ケインが私の雇用契約書についても商人に直接交渉するつもりでいたという事がわかったらしい。

いや、あのさぁ……何のために私がこそこそと逃げ回ってると思ってるの？　もう、本気でありえない……。

その後、トリエラとアルルも加わっての大説教大会の開催と相成った。何のためにトリエラ達が孤児院で口をつぐんだのか、何故レンが街に入ってこなかったのか、そんな事を懇々と説教していた。

私？　私はゴミを見るような目で一瞥《いちべつ》をくれた後、一言嫌味を言って後は視界に入れないようにして無視してたよ。

『なるほど、まさか私の事を売って経営権を買おうとしていたとは、予想外でした』

私がそう言うと、自分がやろうとしていた事がどういう結果になるのかようやく理解したらしく、真っ青になって私に言い縋《すが》ろうとしてきたんだけど、マリクルに怒鳴られて地面に正座させられて寝る時間になるまでずっと怒られていた。

あ、周りの人達が寄ってきたり盗み聞きされたりしないように【結界魔法】と風魔法を併用して遮音しておいたから、そのあたりの事は大丈夫。私、成長した！

ちなみに【結界魔法】は巨人を倒した後にＬＶ５になってました。

「あ、レン……その、俺……」

翌朝、ケインが話しかけてきたけど完全に無視。寄ってくんな、疫病神め。あっち行け、しっしっ！

その後、朝食の時にケインは一人だけお通夜状態だった。マリクルにも無視され、ボーマンは色々と考え事というか反芻《はんすう》してるし、リューに至っては昨夜の私のように白い目でケインの事を見ていた。

朝食も終わり、野営の後始末も終わると今日も高速馬車移動開始。このままのペースで行けば今日の夕方には王都に着けるかな？

馬車移動中は御者席の男子達は色々話し合いをして、やって良い事と悪い事など情報の整理と共有をしていたようだった。男女間でのそれは夜にトリエラとマリクルで行っているらしく、だんだんとケインの肩身が狭くなっているようだ。アホだし、仕方ない。

昼時に馬車を停めて軽食の準備をしていると、トラブル発生。魔物が寄ってきたのだ。数はオークが1匹。はぐれて飢えた個体らしい。ちなみに、今回の旅程において私は馬車移動時に魔物避けは使っていない。

冬場はそんなに魔物と遭遇する事はないし、仮にエンカウントしても数は少ない。もし多かったとしても手に負えないほどの数という事は稀《まれ》だし、たとえ多くても飢えて弱ってる場合がほとんどだ。飢えで凶暴化してる時もあるけど、注意していればどうとでもなる。

それに最近はベルもしっかりしてきたので、ベルの経験値稼ぎにも丁度良いと判断しての事だったりする。私の守りにはノルンがいるし、私は結界だって張れる。何も問題はない。

でも今回は私の出番はなし。なんとトリエラ達だけで頑張るというのだ。

装備も整ったし、孤児院で先達の指導も受けた。そして、全員防衛戦で戦闘経験も得たので、自分達だけでどこまでやれるのか、試してみたくなったってところかな。

うん、まあ……やってみるというのなら任せてみよう、という事で私は見学する事になった。ノルン達も待機。いざとなったら手を出すつもりだけど、頑張れ。


戦端を開いたのはオークから。勢い良く突進してきた。だけどそれはマリクルに邪魔される。マリクルは盾を上手《うま》く使い、完全にオークの行動を抑えている。かなりの体格差があるのに、これは凄い。

マリクルが攻撃を弾いたり流したりしてオークを抑えている間にリューとボーマンが左右から展開し、その動きに併せて放ったマリクルの渾身《こんしん》のシールドバッシュでよろめいたところに攻撃を加えていく。狙いは腕と脚、攻撃力と機動力を奪うつもりのようだ。

ちなみにボーマンの武器は大ぶりの棍棒《こんぼう》だ。私の冗談を真に受けて自作したらしい。でも剣のように難しい技術も必要なく、上手く当てる事ができれば本人の立ち回りだけでかなりのダメージを与えられるので、何気に気に入ってるとか。

なんなら将来的にメイスとか斧《おの》とかを使うのもありなのではないだろうか？　全員剣装備よりは打撃武器もあった方が戦術的に広がりが出るだろうし。

ケインは一歩下がった所で3人に指示を出しつつ、時折接近して一撃加える。何気に攻撃を加えるタイミングや狙いは的確で、むかつく。

それはそれとして、先ほどまでのケインハブの空気もなくちゃんと指示を聞いたり連携が取れたりしているあたり、切り替えもしっかりできていて何気に凄い。

そしてケインよりも更に一歩引いた所にトリエラ。トリエラの武器はショートスピアなので、ヒットアンドアウェイで腕の関節や喉を狙ってちまちま刺していく。いいぞもっとやれ。

アルルはオークが攻撃しようと腕を振り上げたりしたところにスリングで石を当て、攻撃をさせないように注意を逸らしている。練習したのか命中率がかなり高く、当てるタイミングもなかなか適切だ。

リコはトドメ担当。完全に動きを止めてから『マジックアロー』で頭部を破壊する予定らしい。

そして、クロ。姿勢を低くしてとんでもない速さでオークの足元を駆け回り、ざくざくと脚を切りつけて機動力を削いでいく。回避力も凄まじく、フレンドリーファイアも余裕で回避。まったく攻撃が当たらない。正直なところ、クロ一人でも十分じゃない、これ？

ほぼクロ一人でオークの機動力を奪い、野郎どもで腕を使えなくしたところでリコが『マジックアロー』を放ち、オークの頭部の上半分が吹っ飛び、戦闘終了。格上相手の初戦闘はまったく危なげなく、ほぼ完封という結果になった。

この結果に自信を付けたのか、薬草採取の時に襲われてもなんとかなりそうという事で全員大喜び。でも実戦はまだまだ不安があって怖いので、時間を作って毎日鍛練を積むという事でまとまった。

ちなみにこの結果に一番喜んだのはケインで、次がマリクル。

2人は来年には13歳になるので、年明けから討伐依頼が受けられるようになるのだ。見込み年齢で討伐依頼が受けられるようになるあたり、なんだかんだで冒険者ギルドの規程って適当だと思う。

何にせよ、年明けから2人が討伐を受けられるようになる事は、この冬の間にも多少なりとも収入があるという事なので、全員表情が明るい。

とはいえ安全第一、怪我だけはしないように気を付けながら頑張るとマリクルが言っているので、きちんとアホを抑えてくれる事を祈ろう。

ケインが怪我しようが死のうがどうでもいいけど、それで出費が増えるとトリエラ達の負担になる。本気で気を付けてもらわないと困るので、軽く注意しておく。

たった2人でオーク相手とか、ゴブリンの群れに挑んだりとか、やるなよ？　絶対だぞ！　フリじゃないからね⁉

「ツンデレ？」

いや、そういうのじゃないから、本気でやめて！

ぽつりと呟《つぶや》いたアルルに対してそう返したところ、全員微妙な顔をしていた。私は本気で嫌そうな顔をしていたらしい。

オークを回収し、昼食も済ませた後は移動の続き。予定どおり夕方には王都に入れた。当然いつものように馬車は途中で降りて、徒歩で入街。冬なので人の出入りは減っていて、余り時間も掛からずに入る事ができた。

なお、今日は私はトリエラ達の家にお泊まり。広い王都内を移動するだけでも結構な時間が掛かる。そして、王都では夕方以降、時間によっては内壁の門も閉められて移動に制限が掛かるのだ。

トリエラ達の家は第三区画、そして実は高級店であるアルノー工房は第二区画にある。事情を説明すれば通してもらえるとは思うけど、面倒なので今回はトリエラ達に甘える事にした。

途中、大家の家で鍵を受け取り、数週間ぶりに帰宅。

久しぶりに帰ってきた家の中はうっすらと埃《ほこり》が積もっており、まずは掃除か、とトリエラ達は全員げんなりしていた。

でもそこは面倒くさがりの私。『洗浄』一発で解決である。今回に限っては仕方ないので男子の部屋も綺麗《きれい》にしてあげる事にした。

晩ご飯もお世話になり、食後は順番に風呂に入ってさっさと就寝する事になった。皆疲れてるし、当然の事だと思う。

という事でちょっと早いけど、おやすみなさい。

あー、明日には工房に帰って、やっと鍛冶の続きができる……ぐう。

123　ああ、めんどくさい……

翌朝、寝苦しくて目が覚めたりしたわけであります。

原因はわかってるんだ。うん、クロなんだ。

いや、前回のお泊まりの時と同様、またしても私の争奪戦が勃発しましてね？　そして当然のようにクロが勝利したんだよ。例のごとく超高速後出しじゃんけんで。

あれ、普通の人族が勝つのって無理じゃない？

【鷹《たか》の目】スキルのお陰で私は辛《かろ》うじて見えるけど、反応速度と身体能力の差で途中で手を変えるのは無理だし、トリエラ達では相当鍛えないとどう足掻《あが》いても負けると思う。普通の人族と獣人族の身体能力の差ってかなりヤバくない……？

それはさておきなんでこんなに寝苦しいのかというと、クロが私の正面からがっちりとしがみついて寝てるからでしてね。ええ、私、抱き枕状態です。

見下ろしてみればクロの顔は完全に私の胸に埋まってたりするわけですよ。君、苦しくないの？

というかクロって猫系の獣人だから、寒いのは苦手なんだよね。孤児院にいた時も冬は時々、夜のうちに私やトリエラの布団に潜り込んで寝ている事があったし、この反応はわからないでもないいんだけど……いや、それはそれとして、離してくれないと私、起きれないんだけど！

その後、結局クロが起きるまで解放されませんでした。

食事の準備？　アルルが用意してたよ。とはいっても起きるのは全員遅かったから、かなり遅めの朝ご飯になるけどね。まあ疲れも溜《た》まってたんだろうし、仕方ないと思う。

と言いつつ、起きた後は帰路で狩ったオークの内臓を食べられるように下拵《したごしら》え作業。何度か軽く煮こぼして脂を抜き、食べやすくするのだ。あ、脂は脂で捨てずに別に取っておいて、ちゃんと色々活用するからね。調理油としてとか、諸々。

いや、オーク丸ごと納品しても内臓部分って基本的に買い取りの時に対象外になるらしいんだよね。それなら食べれば良いじゃない？

朝食の準備兼、オークの内臓の下拵えをやっている最中はみんなのお腹がぎゅうぎゅう鳴っていた。もうちょっとの我慢だよ？

下拵えのやり方と、その後の調理方法も教えた後は朝食ついでに鮮度が落ちないうちにレバーも焼いて食べさせる。滅茶苦茶栄養あるから、この子達に食べさせない手はない。モツ料理は帰ってきてから夜に食べるように言い含めておく。

遅めの朝食の後は売却のためにギルドの出張所へ行く事になった。まあ私はそっちには付き合わないで真っ直ぐ工房に帰るんだけど。ちなみにオークの死体は私が収納してこの家まで持ってきた。

え？　私が帰ったらトリエラ達はどうやってギルドにオークを持っていくのかって？　いや、ほら……前に作ったキャリーカート、トリエラ達に譲ってあげたのがあるから、それを使って運んでいったよ。

ただオークって大きいからカートからかなりはみ出てて、落ちないように全員でオークの手足抱えてひぃひぃ言いながらカート押して運んでいったけど。

ほら、いくらなんでも事あるごとに助けてたらこの子達成長しないから、このくらいは自分達でやらせないとね。

私も甘やかすばっかりじゃないよ？　……うん、多分。

◇

トリエラ達の家から工房に帰ると、工房の皆から総出でお出迎えを受けた。

あの、取り囲まれると身動き取れないんですが……親方に至っては凄まじい力で背中をバンバン叩《たた》いてくる始末。痛いからやめて！　いやマジで！　痛い痛い！　やめて！

……夜に自室で姿見を出して確認したら、でっかい手形が付いてて涙目。上級ポーション飲んだらなんとか消えたけど。

でもアレ、消えなかったら本気でしゃれにならなかったよね。危うくお嫁に行けなくなっちゃうところだったよ。別に行く気ないけど。

そして翌日からやっと鍛冶修業再開！　というわけで早速カンカンとやってたんだけど……昼休憩の時にご飯食べに行こうとしたところで、練習用の鍛冶場から出てきたエドが声を掛けてきたんだよ。

「先生！　お願いがあります！」

え、ヤだよ。

うん、返事を口にするよりも先に思いっきり顔に出てたらしい。物凄い顰《しか》めっ面《つら》をしてしまった模様。

そしてそんな私の表情を見たエドが泣きそうな顔で、頭を下げながら必死になって色々説明してくれたんだけど……いや、別に事情を話せなんて言ってないし、知りたくもなかったんだけど？

人の話聞いてないいね？

えーと、エドが言うには鍛冶師に限らず大体の職人の類は、冬になると仕事が減るんだって。

で、その冬の間は仕事場も空く時間が多くなるから、その空いた時間を使って見習いや駆け出し、後は若手の職人達なんかが色々作って切磋琢磨《せっさたくま》する、腕を上げるための修業期間みたいな感じになるんだそうな。

そしてそんな若手達の作った作品は新年早々にあるらしい各ギルド主催の品評会みたいな催しに出品できるとかで、私にへこまされて改心したエドはその品評会に出品するために剣を打っていたとの事。

ところが打てども打てども納得できる剣が打ち上がらず、上手《うま》くいかない憤りと焦りからスランプになってしまったらしい。

そんな時に以前私にぼこぼこにへこまされた事を思い出して、あの時と同じように助言というか監督というか、そんな感じの事をしてもらおうと思いついたらしいんだけど、待てども待てども私が帰ってこないから滅茶苦茶に焦っていたんだってさ。そんな事言われても知らんがな。

「つまり、私に横で見ていて欲しいと？」

「はい！　前の時のように相槌《あいづち》を打つのでは自分の仕事になりませんし、先生の手を煩わせるわけにもいきません。助言をくれとは言いません！　ですから、横で見ているだけでも、なんとかお願いします！」

えー……手を煩わせたくないって言うけどさぁ……横で見てるだけでも私の修業時間なくなるよね？　それだけで時間無駄に使っちゃうじゃん。

私の反応が芳しくないのもあってエドも必死にぺこぺこ頭下げまくってお願いしてくるんだけど、私としてもやっと鍛冶修業再開したわけで、それ以外に時間を使いたくないというのが正直なところ。

「取り敢えず、時間も時間なので先にご飯にしませんか？」

「あ、はい！　すみません、そうしましょう！」

このままここでうだうだやってたら食いっぱぐれちゃうから、話の続きはご飯を食べた後で、という事に。

だというのにお昼を食べてる時にも延々お願いを続けるエド。ご飯くらいゆっくり食べさせろ！　むしろただでさえなかったやる気が一層なくなるわ！

エドがぐだぐだと言葉を重ねるにつれて自分の眉間の皺《しわ》が深くなっていくのがわかる。そんな私の反応に焦って更に言葉を重ねていくエド。そして更に不機嫌になる私。悪循環だ。いいからまず先にご飯食べさせろよ。

そんな私の反応を見ていた他の面々がこれはまずいとエドを黙らせた事で、やっと静かにご飯を食べられるようになった。

その後、イライラしながらもなんとか食事は終了。そして途端に口を開くエド。いい加減にしろお前。

とはいえ私は大人なので、ちょっと冷静に考えてみる事にする。

……私にへこまされた以降のエドは色々真面目《まじめ》に取り組むようになって、大分鍛冶の腕を上げたようだった。腕が上がればそれを試したくなるというのはよくある話。そんなエドの気持ちもわからないではないけど、私としてもこの冬で鍛冶スキルのレベルを10にしちゃいたいし、はっきり言ってお断り案件だ。

あと、ゆっくりご飯食べさせてくれなかったのが非常にむかついたので更にマイナス評価。というわけでお断りします。

と私が拒否の言葉を口にしようとしたところで親方が混ざってきた。

「おいエド、いい加減にしろ。しつこくし過ぎだ、嬢ちゃんが嫌がってるだろう」

「親父……」

「お前の気持ちもわからんではないが、それにしたって相手の都合も考えずにしつこく言い過ぎだ。はっきり言ってこの嬢ちゃん相手には逆効果だぞ」

「え……？」

そこでまたも顔を青くするエド。親方に窘《たしな》められてやっと冷静になったらしい、私の顔を見てキョドキョドし出した。

「う……俺、そんなつもりじゃ……」

無反応の私である。本気でイライラしたからね。食事をする時はね、誰にも邪魔されずになんというか……幸せじゃないとだめなんだよ。それを邪魔したお前は敵なのだ。

「はぁ……すまなかった、嬢ちゃん。こいつはまだまだ餓鬼でな……とはいえ、俺も親としてはなんとかしてやりたくはある。こいつには大分イラついたんだろうが、なんとか頼めんか？　もし引き受けてくれるなら何かしらの形で礼はする。だから、頼む」

ぐわ、親方に頭下げられちゃったら断れないじゃん！　やめてよ、ほんと……。

うーん………………………………………………………？

………はー、親方には色々良くしてもらってるからなあ……仕方ない。

「はあ………わかりました、引き受けます。でも、見るだけです」

盛大に溜め息。もう、ほんとやりたくない。あれだ、見てる振りして適当に何か内職しよう。

『炸裂弾《バーストダガー》』の増産とか。

「本当か！　ありがとう嬢ちゃん！」

「レンです」

「そうだったな、レンだったな！　おらエド！　お前も礼を言え、馬鹿たれが！」

「あっ、ありがとうございます、先生！」

乗り気じゃないからやりたくないけどね。

とはいえ、引き受けた以上はそれなりにはちゃんと監督はするよ。親方も何かお礼はしてくれるというし、その内容に期待してそれなりにね。やりたくないけど。

そんな事を考えていると視線を感じたので、なんとなくそちらを見てみると見習いの少年が何か言いたそうにこっちを見つめていた。んー？

……ああ、もしかしてあれか。自分も見てもらいたいとか、そういう事かな。

確か、エドが使ってた練習用の鍛冶場は小型の炉が複数並んでる部屋だったはずだから、見習いの少年達も一緒に作業してたはず。

となると……あー。

まあ、いいか。一人見るのも二人見るのもそんなに大差はない。それに見習いであれば2～3人増えたところで大した負担にはならないと思うし、この際だ。少し多めに親方に恩を売っておこう。

「なんなら、そっちの子も一緒に見ましょうか？　助言はしませんが」

「何？　嬢ちゃん、いいのか⁉」

「見てるだけでいいなら一人二人増えてもそんなに変わらないと思いますし、そのくらいなら、まあ……」

「なら、頼む！　いつもどおり俺が見ようと思っていたんだが、ちょっと面倒な依頼がいくつか入っててなぁ……アルや他のベテランは俺の補佐に入れないと間に合いそうにないし、どうしたもんかと悩んでたんだ。こっちの手が空き次第俺も見に行くから、それまで半人前どもを頼む！」

あら、思ったよりも恩が売れそうな感じ？　想定外に良い効果が出たっぽいね、これは。

でも面倒な依頼ねえ……？　冬の閑散期とはいえ依頼がなくなるわけじゃないって事か。というか、むしろ暇な時期だからこそ面倒くさい依頼が来るのかな？

平時だと手間が掛かり過ぎるからって理由で断られるような細かい仕事とか、時間が掛かる割に地味な仕事とか……まあ、私がやるわけじゃないし、別にどうでもいいや。

もう鍛冶依頼を受ける気はないし。

まあいいや。

それで、えーっと……アホのエドと見習いの少年が二人と、あと駆け出しっぽい感じの人が一人の、合計4人か……面倒だけど見てるだけだし、まあなんとかなるでしょ？

いいや、気が向いたら助言ぐらいはするよ、多分。

とまあ、そんな感じで適当に監督業に精を出す事になりましたとさ。
……ああ、本気で面倒くさい。

124　監督業、時々礼拝

鍛冶場に複数の鉄を打つ音が響いている。

長方形に長い部屋の一方の壁側には複数の小さい炉が並んでいて、それぞれの前で若い鍛冶師達が一心不乱に槌《つち》を振り下ろしているのだ。

私は特に何をするでもなくその様子を眺めていた。


というわけで、私はひよっこどもの監督業に精を出しています。でも思ったよりも暇だわ、これ。

エド達の監督を引き受けた翌日から3日に一度、こうして作業を眺めるようになったんだけど、あんまりする事ないんだよね。あ、3日に一度なのは当然私の修業時間を取るためね。

ちゃんと色々助言とかすればいいじゃないかって？　いやいや、作業中に声を掛け過ぎるのも集中切らせちゃうから、それはあんまりね……かといって眺めてるだけってのも暇だし、なかなか困ったものですよ。

とはいえただ眺めてるだけというわけでもなく、気になる時はちゃんと声を掛けたりはしていたり。あ、ちょっとそこの見習い君？

「そこ、少し叩《たた》き過ぎです。後々他も叩いてバランスよく伸ばしますから、今はもう少し厚くても大丈夫ですよ」

「あ、はい！　ありがとうございます！」

とまあ、こんな感じでね。

「先生、このあたりはどうすればいいでしょう？」

「自分のやりたいようにどうぞ」

「……はい」

エドも声を掛けてくるけど、無下に切り捨てる。そんな私の返答にエドが勝手に落ち込んでるけど、でもこういう答えしか返しようがない。

一応誤解ないように言っておくけど、意地悪でもなんでもないからね。でも念のため補足はしておくかな？　一応は監督だし、へこませてそのままというのはまずいだろうし。

「貴方《あなた》の作りたい剣のイメージは貴方の中にしかありません。それを私に聞かれても困ります。とにかく、少しでも完成形のイメージに近づけるように回数をこなすしかありませんよ」

「あ……はい！　頑張ります！」

見習い達とエドとの対応の違いはまあ、鍛冶技能のレベルの差なんだよね。だから別に好きでエドだけ差別してるわけじゃないんだよ。

見習いの少年2人、といっても実は私とほぼ同年代なんだけど、その2人は文字どおり槌を振り始めたばかりでまだまだ全然腕が足りてない。だから思ったように剣を打つなんてできるわけがない。

そんな2人が今打ってるのは短剣で、一応この工房の規格に合わせたもの。この工房のベテランさんが打ったものをサンプルとして実際に触って、同じものを打つように、と親方に指示されていた。

まあ、この冬の間に同じものを打てるようになるのはちょっと難しいだろうけど、もしそれなりのものが打てた場合は品評会に出品してもいいとの事で、見習いの2人はやる気満々で頑張っている。

もう一人、私より2～3歳ほど年上っぽい、現在は補助を任せられている駆け出しの少年は工房の見本剣を打てるように練習中。

見本剣というのは工房や流派ごとの鍛造依頼を受ける時に基本になる剣で、それを基準に重さや長さ、重心のバランスなどを変えて注文どおりの剣を打つ事になる。

私も一応作ってあるけど、使う機会は多分あんまりないと思う。

ちなみに見習いは基本的に鍛冶作業関連の雑用担当。鋼材運んだりコークス用意して炉の準備したりとか。鍛冶作業以外の雑用は丁稚の仕事。店番も丁稚の担当らしい。

駆け出しは実際の鍛冶作業の補助というか、汗拭いたり飲み水用意したり、後は焼き入れで使う打ちあがった刀身を冷ますための水も用意したりと、割とやる事が多い。焼き入れっていうのは……まあ、今は割愛。作刀には色々あるんだよ。

駆け出しが見本剣を打てるようになると、この工房では一応一人前として扱われる。売り物となる数打ちの剣を打つのはこのあたりから。

で、エド。

エドは工房の見本剣は普通に打てるので、一応は一人前扱いだった。でも変な癖が付いてしまったので鍛造依頼は受けさせなかったのだと親方は言っていた。

この工房では本来、ある程度経験を積んでベテランと言っても差し支えなくなった頃から鍛造依頼の武器作成をさせるようになるらしいんだけど、エドは一応息子だし、才能もあったので繰り上げで受けさせる予定だったらしい。一人前扱いになる時にはやらせても問題ないだけの腕はあったみたいなんだよね。

でも、まあ……色々と捻《ひね》くれて、変な癖も付いて……そりゃ、やらせないよね。お店の信用的に。ちなみにお兄さんのアルさんは一人前になった2年後には鍛造依頼をバリバリにこなしていたそうな。

お兄さんとの扱いの差もあって更に不貞腐《ふてくさ》れて捻くれていたところで、私にバッキバキにへし折られ、結果、以前のように、というか以前よりも真面目《まじめ》に修業に打ち込むようになったエド。そんなエドに、年明けの品評会で結果を出してくれるんじゃないかと親方はちょっと期待してるらしい。

なんでも、次の品評会では仲が悪いと噂《うわさ》の斜向《はすむ》かいの工房の跡取り息子も出品するとかで、いつもそこの親方と喧嘩《けんか》をしてるアルノー親方としては相手の鼻を明かしてやりたいとかなんとか……。

だったら自分で見てあげた方が良くない？　とは思うんだけど、今回親方に持ち込まれた依頼はかなりのお偉いさんからのものとかで、お断りできないらしい。親方は言葉を濁していたけど、ベクターさんが関わってるみたいなので、多分王族関連。

それはそれとして、斜向かいの工房の跡取り息子とエドも仲が悪いらしい。なお、アルさんは相手にもしていないそうで、相手と競ってる暇があるなら今の自分に打ち勝つ方が先、とかなんとか？　職人としてはストイックなアルさんの方が正しいと思うよ、私は。

いや、アルノー親方も本来はアルさんと同じ考えらしいんだけど、向こうが事あるごとに突っかかってくるらしくて、流石《さすが》にむかついてるそうですよ？　その気持ち、よくわかる。

あー、随分話が逸《そ》れた。

つまり、私がエドにご教授する事は何もないんだよ。そもそも、流派的なものもあるから、変に私のやり方を教えちゃうとこの工房でのやり方から外れるようになっちゃうからね。

いずれは独立するにしても、実際そうなるまではこの工房のやり方でやるべきだと私は思う。だから、エドには悪いけど、彼に対しては基本的に見てるだけになる。よっぽどまずい結果になりそうな事をやろうとしない限りは、ノータッチ。それに技量的にはもっとできると思うんだよね、エドなら。

逆に見習いの子達はまだ基本すらちゃんとできてないから、文字どおり基本的な事だけは教えられる。とはいっても、こっちもあまりあれこれ口出しはしない。考える事ができるように、悩みながら頑張っていく方がいいと思うし。でもわからない事や疑問に思った事を質問されたらしっかり答えるし、ちゃんとできたらきちんと褒めるけどね。私は基本的に褒めて伸ばす方針だから。

駆け出しの人は……正直、特にする事はない。

見本剣が打てるように延々同じものを打つだけの修業だから、見てる以外にやる事がないんだよ。だからサボりではない。

でも、息抜きにたまには別のもの打ってもいいんじゃないかなー、とは思う。そこから色々見えてくるものもあると思うんだ、なんとなくなんだけど。

そんな、なんとなくでそんな感じの事を勧めてみたところ、何か思うところがあったのか見本剣とは別の剣を何本か打っていた。そしてそれ以降に打つ見本剣の精度が一気に上がっていたので、別の剣を打った事で何かを見出したみたいだった。

後でこっそり【鑑定】で確認してみたところ、【鍛冶】のレベルはそのままだったけど【金属加工】のレベルが上がっていたので、金属の扱い方への理解が深まったってところかな？　うむうむ。

え？　やる気なかったくせに思ったよりもちゃんと監督してるって？　いや、引き受けたからにはちゃんとやるよ？　それ《やる気》はそれ《やる気》！　これ《仕事》はこれ《仕事》！

監督をやった日は晩ご飯の後にゆったりとお風呂に浸かって、翌日の自分の修業に備えて英気を養う。いい湯だなぁ……ほっこり。

「んぉおぉぉ……」

む、変な声出た。気を付けよう。

この工房のお風呂はかなり広い。しかもいつでも入れる。なんでも、炉の廃熱を利用してるらしい。壁の中に水を通してるとかなんとか？　火災時にも壁に穴を開けて消火に使うとか、なんか色々あるみたい。うーん、ちゃんと色々考えてるねー。

と、そんな感じで2日おきに監督と修業をして年末を過ごしつつ、今年最後の日はこっそりと夜更かしして年越し蕎麦《そば》を自作して食べたりした。

ああ……これだよ、これ。ニッポンジン！

去年は森の奥にいたお陰で蕎麦粉も何も手に入らなかったから、作れなかったんだよね。折角前世の記憶が戻ったんだから、やはりこういうところは押さえておきたい。

ちなみに工房の皆さんには振る舞ったりはしてません、あしからず。

◇

年始初日は工房も仕事はしないらしいので、私も寝て過ごした。

初詣《はつもうで》？　一応教会にお祈りにいくとか、初詣みたいな感じの風習はあるけど、私は別に信心深いわけでもないから、行かない。というか、行かないつもりだった。

うん、そのつもりはなかったんだけど、年始2日目にトリエラ達がやってきて強制連行されました。寒いし雪降ってきそうだし、やめない？　だめ？　……どうやらだめらしいので、諦めて行く事にした。

あ、ちゃんとノルン達も一緒だからね、安全安心。それといつもどおり男女は別行動だよ。

この国の国教は風の神なので、向かった先は風の神の神殿――ではなく、別の場所にある教会。神殿前の広場でも新年のお祈りはやってるんだけど、折角なので礼拝堂でお祈りしたいなーって思ってね。それにあっちは混んでるしね。

ほとんどの人は神殿前の広場で済ませるので、教会の礼拝堂は意外と空いてるのだ。ちなみに神殿の礼拝堂はお貴族様が使うので平民は入れなかったりする。お貴族様め……！

教会の礼拝堂でお祈りを済ませた後、教会前の広場で炊き出しの野菜スープを配ってたので、帰る前にそれを頂きながら広場の端でトリエラ達とお互いに近況報告。

トリエラ達は基本的には街の中での雑用仕事を受けて小銭を稼いでいたらしい。主に雪掻《ゆきか》きで。オニールへの帰郷の際に結構保存食を持ち出していたので、色々準備していた冬の食料が足りなくなるんじゃないかと危惧してたらしいんだけど、実際はオークを売ったお陰で逆に割と懐は暖かいんだって。

とはいえ、冬の真っ最中に食料を買うのは高く付く。オークの売却益だけでも十分この冬は問題なく過ごせそうだったらしいんだけど、お金はいくらあっても困らない。という事で、小遣い稼ぎに精を出してるらしい。

後、トリエラとリコは【魔力循環】の練習で魔法関連を鍛えたり？　給湯の魔道具への魔力供給は2人しかできないので、なかなか大変みたいだ。

衛生問題もあるのでお風呂は毎日入るように、と私が以前忠告しておいたため、頑張ってるようだ。冬に不衛生にしてると風邪を引きやすくなったり治りが悪くなったりするから、そもそも風邪を引かないように綺麗《きれい》にしていた方がいい。病気になると無駄にお金掛かっちゃうからね。

給湯器に関しては男子連中にも魔法を教授すればいいんだろうけど、男子は男子で色々やってるらしい。一応トリエラとリコも最初は男子達に教えるつもりではいたそうだ。

でもケインとマリクルは年明けからゴブリン討伐を受けるつもりらしく、それに向けて男子4人は毎日朝夕に実戦稽古しているのだそうな。

うーん、良いとも悪いとも言いがたい。

ゴブリン2～3匹狩れば8人で丸一日雑用するよりも収入が大きいらしいので、収入面を考えるとそっちの方が断然いい。

でも討伐を受けられるのはケインとマリクルの2人だけ、怪我をするのは出費に繋《つな》がるので怖いところ。

ただ、盾役のマリクルは年齢から考えると破格と言っていいレベルで盾を使いこなしてるし、私の作った装備のお陰で致命傷になるような怪我はそうそうしないだろう。

そうなると問題は装備面で劣るケインなんだけど、こと、身体を使う事においてケインは天才的だ。

　毎日の稽古で目を見張るような速さで強くなってるらしい。あと、時々ニールの泊まってる宿に行って稽古をつけてもらってるらしい。

　うげぇ、ニールとケインがつるんでるとか、最悪過ぎる！

　……というか、ニールが戻ってきてるって事はベクターさんも戻ってきてるって事かー……魔物の掃討、平気なの？　……まあいいか、孤児院に問題がないなら他の事は私には関係ないし。

　……それはそうと、ベクターさんもケイン達に絡んでるのかね？

　いや、仮にベクターさんがケインやマリクル達に声を掛けてるのだとしても、それを受けるかどうか決めるのは当人達次第だからなあ……できればあまり関わって欲しくはないけど、ケインはともかくマリクルの出世の道と考えると、うーん……。

　いやいや、一応トリエラ達のパーティーはケイン、マリクル、トリエラの3人による合議制らしいし、あまりにも怪しいと思えばマリクルとトリエラが反対するだろう。ケインも帰りの時のマリクル達からの説教で多少は考えるようになったみたいだし。……なったよね？


　ちなみに寒いのが苦手なクロは家に帰ると部屋のベッドで毛布に包《くる》まって丸くなってるか、お風呂場で湯船の上に板を載せて、その上で丸くなってるらしい。猫か！　……ああ、猫か。

　アルルは時間がある時は料理の研究。ボーマンも稽古の後は混ざるらしい。とはいっても食材を無駄にするような事はしてないそうなので、安心。また今度様子でも見に行こうかな？

私の方？　いや、私は別に報告する事とかないし……王都に戻ってから今日まで工房から一歩も出てないし、半人前達の監督業は別に報告する事でもないしなあ。

と、そんな感じで色々お話をして、昼前には解散した。

うーん、早く帰って何か食べよう……炊き出しのスープだけじゃ全然足りない。年末年始は屋台も出てないから、食べ歩きもできないんだよね。

雪のちらつく中、足早に工房へと帰った。

125　品評会、結果はっぴょー！

1月も1週間が過ぎた頃、私が監督してたひよっこちゃん達のそれぞれの作品が打ち上がった。

出来は、まあ……悪くはないんじゃないの？　よくわからないけど。

いや、こう言っては何だけど私が自分で作ってるものの基準で言うと、どれもこれも格下なわけでして……だから工房で販売してるものと比較した場合で、となるんだけどね？

そういう観点で見ると、見習い2人の打ったナイフは、ぎりぎり及第点？　工房の作品としては売れないけど、見習いが作ったものと考えると割と出来は良い方なんじゃないのかな？

親方も品評会に出品してもいいって許可を出してたから、多分良いものなんだと思う。

駆け出し君は、一応売り物として許容できる品質の見本剣が打てるようになった。とはいえ、まだ毎回安定してその品質の剣を打てるというわけではないみたいなので、ここから更なる精進を、という評価。それでも数打ちの剣を打つ仕事を許されていたみたいなので、後は場数をこなして経験を積む感じ？

で、エドはというと……なんと『高品質』の剣を打ち上げてしまったのだ。『高品質』といえば武器の品質としては上から数える方が早い出来になる。

私が監督してる間にエドの【鍛冶】スキルのレベルは5に上がってたりするんだけど、それでもLV5で『高品質』の剣は普通は打てないはずなんだよね。まったく、これだから才能がある奴は……！

ちなみに武具における品質は、剣の場合は下から『粗悪』『最低品質』『低品質』『普通』『良品質』『高品質』『最高品質』『名剣』『剛剣』となる。そこに『粗悪』以下の悪い意味での『規格外』を加えての10段階。エドが打った剣は10段階で上から4番目となる。

更に加えると上位二つのランクの品質を打てる鍛冶師は別格と言っても良いので、その二つを抜けば実質2番目。ほんとに、これだから才能のある奴は……!!

え？　私だって半年くらいで『名剣』を打てるようになったって？　いや、それはスキルの成長が早い天人族の種族特性のお陰だし？　それが私の地力なのかっていうと、それはちょっとねえ？

そういうチート能力で下駄を履いてる私はある意味ズルしてるのと一緒だもの、あんまり自慢できる事ではないと思うよ？　いや、それでも成長が早いってだけで相応に努力は必要だし、実際にしてるつもりだけどね？　でもねえ……。

まあいいや、あんまり卑下してても始まらないし。

◇

とまあ、そんな感じにそれぞれの作品ができあがって数日後、品評会の日がやってまいりました。

私としては別に行かなくても良かったんだけど、親方やエド達に是非に、と言われて渋々見に行く事になった。まあエド達の監督もしてたし、どういう結果になるかはちょっと気にもなるところでもあったし。

いや、うん……正直なところ、割と普通に気になってたりもするんだよ。

非常に言いにくいんだけど、その……監督業も後半になると、自分の作業そっちのけで監督してたりしまして……ちょっと熱が入り過ぎたというかなんというかね？

あー……うん、正直に言うと、いつものように絆《ほだ》されたというかなんというか……いや、あれだけ真面目《まじめ》に取り組んでるのを見ると、流石《さすが》にねぇ？　色々助言すると素直に言う事聞くし……。

最初の印象は最悪だったけど、本来のエドは今の素直な性格だったんだろうね。ちょっとしつこ過ぎてうざったいところはあるけど、ああも真っ直ぐに慕われると、ずっと塩対応するのも流石に気が引けるというか？　……ああ、もう！　別にいいじゃん！　私だっていつもツンケンしてるわけじゃないよ！


品評会の会場は闘技場だったりする。なんでこんな場所でやるのかというと、展示される物品が基本的に武具の類である事と、実際に出来を比べるための試し斬りなんかが行われるからだったりする。

後は見に来るのが鍛冶師だけではなく、騎士や冒険者、商人なんかも来るため、広めの会場じゃないと収まりきらないかららしい。

商人であれば将来の仕入れ先を探すために、冒険者であれば良い武器を打つ鍛冶師に唾をつけるために。それぞれ生活が掛かってるしね。

で、そういう関係上、商人にとっては独立や資金援助を餌にしての新人職人の囲い込みの場であったり、冒険者と鍛冶職人との互助契約が最も多く結ばれる場でもあったりするとかなんとか。やっぱり世の中、色々と世知辛い……。

とはいえ【鑑定】スキルでも持っていない限りは第三者には良し悪しなんてなかなかわからないわけで、仮にそういうスキルを持っている人でも実物を見ながら新人の腕も見られるこの場は割と人気があるらしい。

でも熟練の鍛冶師や冒険者、目利きの商人ともなるとスキルを持っていなくてもそれなりには良し悪しがわかったりするのだ。そう、それなりに。

つまり、仲の悪い鍛冶師同士とかになると自分の方が上だ！　と喧嘩《けんか》になったりするのである。

そしてそういった事態を防ぐための試し斬り、というわけだったりするそうで。

ただ、試し斬りに参加した場合は剣が折れる事もある。こう言ってはアレだけど、所詮《しょせん》は見習いや駆け出しといった若手や新人の打つ代物。強度やらなんやらに問題がある事も多かったりするのだとか。

だから試し斬りに参加するのであれば場合によっては折れる事も了承しないといけない、との事だった。

ちなみにアルノー工房の職人は全員試し斬りに参加する。みんな凄い自信だね……なんて言ってみたところ、たとえ結果が出せなくても近隣諸国でも一、二を争う人気のアルノー親方の工房で働いてるという事への自負らしい。

そうそう、最初、斜向《はすむ》かいの工房の跡取りは試し斬りへの参加を渋ってたらしいよ？　でも試し斬りにも参加しないで口だけで自分の方が上だなんて言うような鍛冶師は誰にも相手にされないようになるらしくて、渋々参加する事にしたみたい。アホか。

後、会場では軽食も取れるようになっていて、端の方には飲食できる場所もあった。でも所詮はおまけみたいなものなので、軽食の出来はお察し。ちょっと見てきたけど、うん……別に無理に食べなくてもいいかな。

軽食の確認をした後はふらふらと会場を見て回った。とはいっても流石に一人ではない。なんとクロが一緒だったりする。

いや、クロって雪掻《ゆきか》きの雑用ではあんまり役に立たないらしいんだよ。寒いのが苦手だから動きが緩慢になるし、獣人の中でも猫獣人ってそんなに腕力がある方じゃないから、重労働の雪掻きは不得手なんだとか。それにクロって私よりも年下で身体も小さいしね。

この会場に体格の大きなノルンを入れるのはちょっと難しかったので、クロが一緒に来てくれたのは非常に助かった。いや一応ベルも一緒に来てくれてるんだけどね。どっちにしても私の守りが厚くなるのはありがたい。

場所柄、フードを被《かぶ》りっぱなしにするわけにもいかなかったんだよ。不審者扱いされちゃうからね。

でもマフラーで顔の下半分を隠すのは問題ないとの事だったので、それでなんとか……。それにしても、最近はこんな風にノルンが一緒に来られない状況が増えてきていて、ノルンの機嫌があまりよろしくなかったりするんだよね。

うん、今度ノルンにカレーをご馳走《ちそう》しよう、そうしよう。

クロに引っ付かれながら会場を見て回ってる時にベクターさんやニール、ギムさんを見かけた。

ギムさんに聞いてみたところ、どうやら試し斬りをするために雇われてるらしい。

どんなに良い剣でも、あるいはひどいなまくらだったりしても、腕のいい剣士や戦士じゃないと公平に結果が出せないとかなんとか、そういう理由で各種武器ごとに扱いに長《た》けてる冒険者に依頼してるらしい。なるほどなー。

なお、ベクターさんは意味ありげな笑顔でこっちを見ていたりしたんだけど、スルーしました。魔石の事はすっとぼける予定だしね！　だからお願いします、こっちに近づいてこようとしないでください！

後、ベクターさんから逃げ回ってる時にマリクルとリューにも会った。なんでも男子メンバーは全員来ているらしい。おいこら、ゴブリン狩りや雪掻きはどうした。

とはいっても、ちゃんと理由があっての事なのでサボりではなかったりする。実は品評会に出品された武器は購入できるのだ。しかも、相場より少し安めのお値段で。

マリクル達の狙いはそれで、可能であれば安価な値段でケインとボーマンの武器を手に入れ、できればその武器を鍛えた鍛冶師とお近づきになりつつ、以後その鍛冶師が働く工房から武器や防具の購入をするようにしたい、という事だった。うーん、ちゃんと考えてるね。

理想を言えば互助契約まで結びたい、という話だったけど……互助契約は鍛冶師側のリスクも大きいから、難しいんじゃないかなあ？　実際マリクル達もそう思っているらしく、あくまでも可能であれば、という事だった。ちなみにこれらはケインの発案だとかなんとか。

かつては互助契約狙いで職人街通いをしていたトリエラを馬鹿にしてたというのに、ケイン……。いや、少しは成長した、という事にしておこうか。なんでも悪く取るのは私の悪い癖だ、ちょっと直すようにしないと。


とまあ、そんな感じで知り合いと顔を合わせたり駄弁《だべ》ったりしているうちに試し斬りが始まった。

最初はナイフやダガーといった刃渡りの短い刃物から始まり、徐々に刀身の長いものや重量系の斧《おの》や槍《やり》といった大物へと移っていく。

ナイフやダガーはなめし革へ切りつけたり突き込んだりしていた。短剣なんかも同じようになめし革。そういった刀身が短いものが終わると、割とたくさんのオークの死体が運び込まれてくる。

なめし革の次はこれを使うらしい。

このオークの死体、秋の繁殖期に狩ったものを凍らせて保存しておいたものだそうで、槍や斧、片手剣や両手剣はこれを使って試し斬りを行うとの事。ざくざくと刻まれていくオークの死体……。割と普通にスプラッターな光景だわ。……正直ちょっとグロい。

順調に進んでいく試し斬り。槍ではいくつか刃が折れたり欠けたりしていたものの、斧は重量で叩《たた》き斬るためか特にそういった事はなかった。

で、それらが終わったら次は最も出品が多い片手剣。使い手が多い分、出品数も最も多くなるらしい。使い手が多いって事はそれだけ売れ線って事だし、納得でもある。なお、次に出品が多いのは両手剣らしい。槍の方が便利な気はするんだけど……やっぱり剣の方が人気があるって事なんだろうなあ。

剣の試し斬りは、オークの鎖骨目掛けて縦に唐竹割りで振り下ろして行われた。鎖骨から肋骨《ろっこつ》を何本まで断ち切れるかで切れ味を試す、という事らしい。オーク1匹で剣2本の試し斬りができる。ちなみにオークの肋骨の数は豚と同じく15～16本との事。

オークの骨はその巨軀《きょく》に見合った太さと堅さを誇る。お陰で何本もの剣が折れまくっていた。つまり涙目になっている若手鍛冶師達が量産されるのである。ご愁傷様です。

片手剣の試し斬りは全てベクターさんが行っていた。なんでも今、王都にいる剣士の中でもかなり上位という事で依頼されたらしい。

とはいえ冒険者ともなれば剣の腕だけではなく総合的な強さが重要なので、単純に剣士として強いというだけではだめとかなんとか……。いや、剣士として強ければそれだけで十分強いって事に

なるんじゃないの？　ああ、でも魔物や魔獣相手の立ち回りは人を相手にする時とは違うか。まあ私は前衛じゃなくて後衛だからよくわからないけど。

何はともあれ試し斬りはどんどん進んでいき、斜向かいの工房の跡取りの剣やエドの剣でも行われていった。流石のベクターさんも終わりの方では大分疲れている様子だった。

で、エドの剣の結果は、といえば……刀身は折れる事なく肋骨を12本断ち斬ったところで斬撃が止まる、という結果になった。ちなみにこれは今回出品された片手剣では最も優秀な結果だったりする。

なんというか……ちょっと誇らしい気分になって、少し涙目になってしまったのはここだけの話。秘密だからね？

なお、斜向かいの工房の跡取りは、６本目の肋骨に当たったところでへし折れていた。残当。ただね、彼が打った剣って……火属性が付与された属性剣だったりしたんだよね。

あの工房って魔力剣や属性剣を販売している事で大きく利益を上げていたわけで、それが今回跡取りが打った剣がこんな結果になった事で大分評判が下がるのではないか、とかなんとか。……鍛冶師ギルドのお偉いさんっぽいおっさん達がそんな感じの事を話し込んでいた。

しかも、ライバル店と目されていた工房の親方の息子であるエドが優秀な結果を残してしまったので、更に評判は落ちる事になりそうだとか。その上、そのエドが打った剣は何も付与されたりしていない普通の剣なわけで……うん、とても悲しい事になりそうだ。

でもまあ、色々指導した身としては実に誇らしい。

片手剣の試し斬りが終わった後は両手剣の試し斬りへと移っていく。両手剣の試し斬りはベクターさんではなく別の人が行っていた。流石に腕が痛いらしい。


試し斬りが全て終わった後は剣や他の武具の売買や商談などが行われる。この頃になると見物に来ていた商人以外の冒険者や剣士、騎士といった風貌の人達は帰り始めていた。

今回息子が結果を出した事でアルノー親方はたくさんの人に囲まれて忙しそうな様子だった。当然エドも囲まれていた。今年はたくさん依頼がきそうだねえ……頑張ってくださいね？

◇

親方達が忙しそうだったので私は一足先に工房へ帰宅。なんだかあのままあの場にいたら面倒な事に巻き込まれそうな嫌な予感がしたんだよね……。

夕方になって帰ってきたエドに話を聞いたところ、私の嫌な予感は当たっていたらしい。なんと、アルノー親方が前に私が譲った刀を披露していたのだとか。勘弁してよ……。

刀、というか蓬莱刀《ほうらいとう》は非常に高値で取り引きされるため、とても稀少《きしょう》価値が高い。そのために使い手も少なく、今回の品評会には『剣術：刀』スキルを持っている剣士もいなかったため、刀での試し斬りは行われなかったらしいんだけど、色々と盛り上がっていたとの事。

ちなみに親方は以前のベクターさんの魔剣と同じように伝手《つて》とコネで手に入れた、という事にしていたらしい。何にしても刀を手に入れ、それを調べる事でアルノー親方の工房はこれから更に技術が上がるのではないか、と大盛り上がりだったそうだ。

実際のところ、親方はレアな蓬萊刀を手に入れた事をただ自慢したかっただけなんじゃないかなーと思うんだけど、むーん……？　いや、一応誤魔化してくれてはいたようだし、ぎりぎりセーフ？　ぎりぎりアウト？　どっちだ？

他にも色々とエドに話を聞いたところによると、エド自身もいきなり腕を上げた事で同年代の若手達に囲まれて色々聞かれたという事だった。

ただ、エドは質問に対して全て『先生のお陰』と答えていたらしくて……いやほんと、マジで勘弁してください。

あー……品評会、行かない方が良かったかも。あ、でも監督した結果のエドのあの剣だし、親方も刀自慢はしただろうから、行っても行かなくても同じか。ぎゃふん。

126　そう　かんけいないね

翌朝、アルフォンスさんと一緒に帰ってきたアルノー親方に呼び出されて、昨日の件について色々説明される事となった。

端的に言うと、今回刀を持ち出したりしたのは全て私への注意を逸《そ》らすためだったらしい。

私がこの工房に逗留《とうりゅう》するようになってからというもの、最初のうちは出入りの商人などには私の事を『若いが腕のいい鍛冶師』と言っていたらしい。

ところが、私みたいな子供の腕がいいなどと言っても誰も信じなかったそうだ。親方曰《いわ》く『実際に作業をしているところを見なければ誰も信じない』との事。ありがたいのかそうでもないのか……いや、目立ちたくない私としてはありがたいのかな?

その後、私が刀を打てる事を秘密にして欲しいと言ってきた時に、これはもっとしっかりと存在を隠すか誤魔化すかした方がいいのではないか、と親方は考えたらしい。

この時には既に工房の全員に、私の鍛冶の腕は口外法度と厳命していたそうだ。その上で、出入りの商人が私の鍛冶の腕を信じなかった事もあり、親方達が触発されたという『逗留中の鍛冶師』

は別にいて、その上、気難しい職人であるという事にして滅多に顔を出さない、という話に摩《す》り替えたらしい。

私の時とは違ってこちらの話はすんなりと受け入れられたとの事。むう。

とはいえ、これにより周辺の工房からの私への認識は特に説明もしていないのに『新しく雇った住み込みの女中見習い』という話に変化していたそうだ。収穫祭の時に他の工房の子が誘ってきたのはこのせいっぽい。

その後も順調に私への認識は変わっていき、収穫祭が終わる頃には完全に女中さん見習いという認識になっていたようだ。女将《おかみ》さんに色々レシピを開示したりしていた事でそこから更にレシピが流れ、私は地味に周辺の奥様方からも人気があったそうな。そしてそのせいか、最近周辺の鍛冶工房ではパスタ料理が流行《はや》ってるとかなんとか……。マジか。


ところがどっこい、ベクターさんの魔剣作成依頼によって親方の私への認識が一気に上方修正される事となった。このあたりの話をしている時、まさか自分よりも遥《はる》かに上の技術を持つ鍛冶師だったとは思いもしなかった、と親方に苦笑された。『いえ、ここで修業した事でレベルが上がった結果です』とは言ってみたものの、まったく信じてはもらえなかったけど。むむぅ。

とはいえ、私の事が露呈すれば色々とまずい事になるのは間違いない。そう思った親方は、私から情報を漏らさないようにとの条件を出されたベクターさんと相談し、色々と対策を講じる事にした。

結果、私がベクターさんへ打った魔剣は親方の伝手《つて》で手に入れたものである、ということにしようと親方とベクターさんが話し合って決めたのだとか。

なお、親方には本当に魔剣や稀少《きしょう》な武具の類を手に入れる伝手があり、この話は特に問題なく鍛冶ギルドに受け入れられたという事だった。実際、収穫祭の前にこの伝手を使って、親方は新たに2本の刀を手に入れていたらしい。

技術解析をするにも1本では比較もできないから、という事だそうだ。それについては、出費もそれなりに嵩《かさ》んだが無駄ではなかった、との言。鍛冶馬鹿の親方らしい話だ。

ところがベクターさんの魔剣があまりに破格の性能だったせいか、なにやら探っている連中がいるような形跡があったらしい。

ベクターさんが私に護衛を付けているとはいえ、それだけでは不安が残った親方は、ここでまた一計を案じる事にした。ちなみに護衛の件はベクターさんに直接聞いていたそうだ。ちなみに私はベクターさんから護衛の話を聞かされてなかったので、ここで初めて知った、という態度を取っておいた。実際は自力で気付いてたからね、私。

そんなわけで親方は、人が集まる場所で何か盛り上がる話題を出して目立ち、私ではなく自分の方へ注意を集めようと思ったらしい。折しも年末が近い時期であったため、年明け早々の品評会でそれをやる事にしたそうだ。

実際、品評会も元々は新人や若手だけの場ではなく、親方連中が自分の腕を披露する場でもあったらしい。ただ、ほぼ毎回言い争いから殴り合いの喧嘩《けんか》に発展するため、暗黙の了解で親方達は自作の武具を持ち寄らないようになっていったらしいんだけど……何してんの親方達。

ともあれそういった事情のお陰で、アルノー親方が新作を披露したいと言えばギルド幹部達からは諸手を挙げて歓迎されたのだとか。近隣諸国でも名の売れた親方の新作ともなると皆の注目の的だそうで……凄いね、親方。

そんなこんなで色々と準備をし、親方が品評会に持っていったのは参考にしたという3本の刀と、実際に打ち上げた数本の刀剣類。

刀のうち2本はさっき言ったように自身の伝手で手に入れたもので、これはこの国の隣国にある有名な迷宮都市のダンジョンから産出したものという話だった。

なんでも迷宮都市に居を構えている弟弟子がいるそうで、その伝手を使う事で魔法の武具類も入手が可能だとか。蓬莱《ほうらい》からの輸入品を買う以外にも蓬莱刀は極々稀《まれ》にダンジョンからも入手できるという話は初耳だったので、正直驚いた。

なんでも件《くだん》の迷宮都市には自力で『剣術：刀』スキルを習得した冒険者が数人いるという話で、ダンジョンから産出した刀は基本的にその人達が買い占めてしまうためになかなか外には流出しないのだとか。……その人達、スキルを習得するまで一体何本の刀をだめにしたのやら。使った金額を想像するだけでも恐ろしい。

さて、刀の話はそのくらいで次は実際に親方が完成させた新作の剣の話をしよう。

親方が新たに打ち上げた剣は曲刀だった。曲刀はシャムシールとかタルワールとかファルシオンとか呼ばれる刀剣類の事で、ものによって刀より反りが大きかったりもする。

親方が打った曲刀は刀身が肉厚で強度を重視したもの。刀のように薄く鍛える事ができなかったため、苦肉の策だったらしい。刀身の反りを見て何かに応用できないか、と考えたのが始まりだったみたい？

親方はあまり納得がいっていないようだけど、実際に品評会に持っていった曲刀は全て実戦で扱えるレベルに仕上がっているらしく、その場でいくつも商談が持ちかけられたとの事。この話の流れで曲刀は刀身を長くして重量も上げれば馬上剣としても優秀だと伝えたところ、親方は目を輝かせていたのでこの後試作するのかもしれない。

というか、試作開始から僅か数ヵ月で実戦に耐えるレベルの曲刀が打てるようになるあたり、親方も大概だよね。

……とまあ、親方の刀自慢は自慢どころか実際はまったく別の意図で行っていた事だったというね……。

私に事前に話を通しておかなかったのは、後半私が付きっ切りになって指導していた事でエドの調子がとても良く、邪魔をしたくなかったからだったとか。実際、『高品質』の剣も打ち上がったのでなんとも言えない。

エドの剣が打ち上がった後は品評会への根回しで色々忙しく、時間が取れなかったそうで……いや、別に結果オーライなので大丈夫ッス。

私が賄賂《わいろ》として譲った刀を勝手に披露した事については謝罪されたけど、あれは親方に譲ったものだし、私としては私が刀を打てる事を口外しなければ何も問題なしです。

とはいえ、昨夜エドから聞いた話が本当に話の一部でしかなかった事も原因なんだけど、親方は単純に刀自慢をしに行っただけだと勘違いしてました！　心の底からごめんなさい！

いや、だって親方って鍛冶馬鹿じゃん？　ただの自慢だったとしてもおかしくないじゃん？　勘違いしても仕方ないよね？　……いえ、本気で悪いとは思ってます。ほんとにごめんなさい。

なお、想像上の謎の鍛冶師は年明け早々に出ていった、という話にしてあるとの事。エドが言う先生もこの謎の鍛冶師という話になってるらしいので、エドの方は工房の外で私の事を先生呼びしないように気を付けているらしい。

まあこっちに関しては私が滅多に外出しない事もあって、そこまで問題はなさそう？　エドもできるだけ工房の外では話しかけないようにします、と言っていた。ほんとに気を付けたまえよ、チミィ？

ちなみに監督業へのお礼は、件の親方の伝手である迷宮都市在住の弟弟子への紹介状だった。もしそちらの方へ行く事があった時に、何か困った事があれば頼るように、との事。ありがたやー！

しかもこれまでの私へのお礼という事で、今まで私が払ってきた鍛冶場の使用料を全額返されてしまった。その上、これからも好きなだけいていいとかなんとか……。流石《さすが》に鋼材は自費だけど、燃料費は気にしないでいいらしい。マジか。マジかー！

あれ？　私もう親方に足向けて寝られなくない……？

◇

さて、親方のお陰で色々な不安も払拭されたし臨時の監督業も終わったし、私としては本腰を入れて鍛冶修業へ取り組みたい所存であります！

そうと決まればまずはステータス確認から。長らくＬＶ８で停滞している【鍛冶】スキルを見てげんなりするのだ。そしてその憤りを鍛冶作業でぶつけるのである。っていうか、もういい加減レベル上がって欲しい……。

って、あれ？　ＬＶ９になってる？　なんで？　……あ、もしかしてエド達への指導？　いや、あるいは指導したエドが結果を出したからとか？　んー、なんとなくだけどその辺が正解っぽい……。ああ、でもこれでまた一つ壁を突破できたよ！　後はまた一心不乱に剣を打つだけでいいよね！　そうだと言ってよ、ばーにぃ！

あ、それはそれとして2月に12歳になりました。はっぴーばーすでぃとぅーみぃ。

そしてこっそり自室でカレーを食べてケーキも食べました。うまうま。ちなみにケーキはレアチーズケーキ。いや、スポンジケーキってどう考えても作ったらまずい気配がプンプンとね……？

え？　トリエラ達に祝ってもらわなかったのかって？　いや、孤児院にいた時からいちいち誕生日とか祝ってもらった事ってなかったし？

……あれだよ、それだよ、毎月最初の日にその月が誕生日の子を集めて、全員まとめておめでとーって言って終わり。それだけ。それもこれも貧乏が悪いんだよ。

そうそう、ぼっちバースデイの後、背を測ったら1センチ伸びて、とうとう１４０cmになってました！

こんなに嬉《うれ》しい事はない……わかってくれるよね？　厚底靴は、いつでも作れるから……。

え？　チビの気持ちなんてわからない？　ブチ殺すぞ？


などとやさぐれていたらトリエラ達が押しかけてきて連行されました。お祝いしてくれるそうですよ。マジか。

うん、まあ……嬉しくないと言えば嘘《うそ》で、めっちゃ嬉しかったです、はい。調子に乗ってチーズケーキを振る舞いましたわよ！　自分の誕生日パーティー開いてもらって自分でケーキ用意するとかちょっと微妙な気もしたけど、それはそれ、これはこれ！　楽しい一時でした！

まあプレゼントとかはなかったんだけど、アルル達女子が精一杯ご馳走《ちそう》作ってくれたりしてね……ちょっと涙ぐんでしまったり。ちなみに再会してから今までに私が皆に色々してきた事へのお礼も兼ねてるらしい。

男子メンバーはお祝いの言葉を言った後は端の方で大人しくしてたよ。とはいってもご馳走は食べられるしケーキもあるしで、全員終始笑顔だった。

あ、当然だけどお酒はなしだったからね、子供だし。というか孤児院に帰った時に野郎どもがやらかしてるから、女子から禁止令が出てたみたい。

ケインとボーマンは不満そうだったけど、マリクルは反省してるらしく大人しくしてたし、リューに至っては酒はイカンという考えになっているらしい。リューの成長がマッハでヤバイ。

しかしマリクルも酒好きなのか……イイネ！　後何年かしたらお酒を差し入れしてあげても面白いかもしれない。一緒に飲もうぜ！　トリエラも一緒に！　ケインとボーマンは知らん。自分で買え。

◇

誕生日が過ぎた後はまたも鍛冶修業。やる事もないし、というか、さっさとLV10まで上げて別の事をしたいし。この冬でLV10になれたら色々助かるんだけど、時間的にちょっと微妙かなあ……？

そういえば去年の今頃は森に引き籠もってたっけ……。あの頃は何してたっけ？　んー……確か、剣を作ろうとしていたような？　って、今も同じ事してるわ。まるで成長してない……！

いやいや、スキルレベルも上がったし背も伸びたしおっぱいも大きくなったし、成長してるしてる。大丈夫、まだ焦るような時間じゃない。

後は何してたっけ？　……ああ、ほぼ毎日のように日課してたっけ。あの頃はやる事あんまりなくて暇だったからなあ。……そういえば最近全然してないなあ、日課。

え？　日課なんだから毎日やっててもおかしくない？　むしろ最近全然やってない方がおかしい？　あ、うん。そーっすね。

あー…………うん、春になったらまた何日か泊まりでちょっと遠出しよう、そうしよう。

その頃になればもしかすると【鍛冶】スキルがカンストしてるかもしれないし、そうなれば王都から出てどこか別の街に行くのもいいかな？　ああ、ハルーラに顔出しするのもありかも？　久しぶりにリリーさんやアリサさんの顔も見たいし、ユイやシン達にも会いたいな。

んー、そのためにもやはり、まずは【鍛冶】スキルＬＶ10を目指さねば。

というわけで、それからは今まで以上に気合を入れて集中して剣を打ちまくり、3月になって雪が解ける頃にはついに【鍛冶】スキルのレベルが10になりましたとさ。

ついに　ねんがんの　かじすきる　れべる10に　なったぞ！

いや、その後も散々打った剣を素材に魔剣も量産したからそっちのレベルもちょっと上がったりしたけどね。

ともあれ、これでやっと剣以外の事もできるようになるよ……流石に疲れた。

取り敢えずはこれで一段落ついたし、ちょっと遠出して久しぶりの気分転換ですかね？　ドゥフフ！

127　な　なにをする　きさまらー！

というわけで、とうとう【鍛冶】スキルのレベルが10になったレンでございます。

まあ、【鍛冶】スキルがＬＶ10になったとはいっても他の鍛冶系の上位スキルはまだまだだったりするんだけどね。

【魔力剣作成】【属性剣作成】はＬＶ９だからもう少し頑張ればいけそうだけど、【魔剣作成】はＬＶ７でまだまだ掛かりそうだし、【刀工】スキルも同様にＬＶ７。【聖剣作成】に至っては未だにＬＶ０という有り様。そもそも聖剣ってどうやって作るの？　完全に手探りなんだけど。いや、嫌いじゃないけどね、手探りからの研究って。

でも、うーん……最初はまたいつものように【創造魔法】でごり押しかなあ？　……なんとなく無理っぽい気がする。なんでだろう。

でもまあこれで一応最低限の目標達成という事で、これでやっと次の行動に移れますよ、っと。

とはいっても、特にこれといった目標ってあってないようなものなんだけど。

まあ、何にしても取り敢えず工房からは出る事にした。これ以上鍛冶だけ続けるのは割と苦痛というか辛《つら》いというか……正直飽きたので。

工房を出てどこか適当な宿を借りて長期滞在するか、どこか適当な所に家を借りるか……そんな感じかな？　一応良さそうな宿屋の情報は集めてみたりした。お金はあるから長期滞在でも財布に負担はないのだ！　……いや、先週商業ギルドにまたお金おろしに行ったんだけどね？　預金額がやばい事になってましてね……？

なんでも、設計図だけ提出したものも含めて昨年の秋頃から台車関係が物凄く売れたらしい。で、その台車を使う事によって冒険者の持ち帰る素材の量も増えたとかで、流通やら経済やら、王都は俄《にわ》かに好景気になってるとかなんとか。

オークの丸ごと持ち帰りも増えたとかで、お陰でラードの流通量も増えたらしくて、油や石鹸《せっけん》の値段も安くなってきているらしい。

……図らずも知識チートで経済活動に貢献した形になってしまった模様。もしかしてちょっとまずい……？

とまあ、そんなこんなで特許使用料の振り込みがとんでもない事になってしまったというわけなのだ。うん、しばらくというかもう仕事しなくても良いんじゃないかな……？　またどこか適当な森の奥に引き籠もってもいいかもしれない。

ついでに商業ランクも上がってて、一気にAランクになってました。Aはほぼ最高ランクで、店とか出す時とか、大量購入する時に色々優遇されたりするらしい。とはいっても店とかやるつもりないけどね。接客とか苦手だし。経営だけに専念するとしても準備とか軌道に乗るまでとかが色々面倒だし、そもそも某商人から逃げ回ってる現状ではちょっと難しい。何か良い対策があれば良いんだけどねぇ……。


で、工房を出る旨を親方達に伝えたところ、猛反対されました。

あの、私元々冒険者ですからね？　というわけで色々説得してなんとか納得して頂いた。いや、別に納得してもらう必要とかないんだけどさ。工房を拠点にして活動すれば良いとも言われたけど、流石《さすが》にそこまで甘える事はできない。それに、なんだか鍛冶依頼とか押し込まれそうな予感がするし。

なお、工房を出る事にした理由の一つに、ベクターさんが付けてくれた護衛の数が減った、というのもあったりする。

元々、護衛の人達は3～5人ぐらいいて、入れ替わりながら常時2～3人が付いてるような感じだったんだけど、冬の品評会の後から徐々に人数が減っていって、今では一人しか付かないようになったんだよね。

親方のあれこれが効いたっぽい？　でもまあ何にしても、護衛の数が減ったっていうのはある程度安全が確保されたって事だろうから、工房を出ても大丈夫だろう、って事で。

◇

とまあそんなこんなで色々準備も整えて、工房を出る日となりました！　湿っぽいのは苦手なのでさっさと出ていきましたよ、ははは。

取り敢えずの予定としては、一旦王都を出て、近くの森の奥でしばらく引き籠もって鍛冶以外の生産系スキルを色々試したり、かな？　後は久しぶりに日課とか？

それが終わったら王都に戻ってきて宿に泊まりつつ新しい拠点を探すか何かして……後は流れで？　うん、相変わらず行き当たりばったりで適当な生き方してるな、私。

一応の目標として作りたいものはいくつかあるけど、それらを作るにはまだまだスキルが足りないからなあ……とはいえ別に急いではいないし、気長に行こう。


さて、王都を出る前にまずはトリエラ達に挨拶でもしておこうか。というわけでトリエラの家に向かってみたんだけど、不在。

んー、時間的にももう家を出てたか。残念。

出鼻をくじかれた気分だけど、気を取り直して予定どおりに王都の外へ移動。そして門を出たところで懐かしのシェリルさん達姉妹に遭遇した。折角なのでそのまま一緒に森まで向かう事に。その道中色々話し込んでみたり。

ちなみに青空教室の時にシェリルさん達にも投石紐《とうせきひも》を作ってあげたので、それでお肉が確保できるようになったらしい。お陰でいつもお腹一杯だとかで凄く感謝された。

収入も増えたので、今は少しずつ装備を整えてるところだとか。

なお、シェリルさんは素手での近接格闘が専門らしい。見た目はおっとり系の美人さんなのに、怖っ！　なので投石攻撃はもっぱら妹のメルティちゃんのお仕事になってるのだとか……頑張れ。

ふむー、なんならシェリルさん達とパーティーを組むのもいいかも……うん、今後の予定の候補に入れておこう。

前衛シェリルさん、斥候にメルティちゃん、そして後衛は私。結構バランスいいんじゃない？　ノルンとベルもいるし、殲滅《せんめつ》力《りょく》は高そう。

そんな事を考えながらなんとなく隣を歩いてるノルンを見てみる。でかい。虎とかライオンとかの成獣よりも一回りか、それよりもやや大きいぐらい？　３ｍ以上はあるよね……頼もしいんだけど、街中で一緒に行動しづらくなっちゃったんだよねぇ。

大き過ぎてノルンを連れて歩くと一般人が怖がっちゃって……それに凄く目立つんだよね、ノルン。

威厳が増したというかなんというか、雰囲気がもうグレーターウルフです、なんて誤魔化せないレベル。実際鑑定してみたらいつの間にか『魔獣』じゃなくて『霊獣』になってたし。このまま格が上がっていってそのうち『神獣』になるんだろうなあ、フェンリルって。

シェリルさん達とだらだらと駄弁《だべ》りながら歩いているうちに森にとうちゃーく！　さて、ここでお別れして、ここから先は一人で進んでいく事になる。一人と言いつつ実際にはノルン達もいるから一人と2匹なんだけど。

前回同様森の奥を目指してのそのそと移動。別に急ぎじゃないから道中ちまちまと薬草も採取したりもしてみる。

ノルン達とは別行動、というか前回引き籠もってた時のようにノルンの【探知】の有効範囲の端の方に私を入れた状態で、2匹には狩りに行ってもらった。ベルの実戦訓練的な意味もあるし、食材確保のためでもある。

護衛の人は森に入ってすぐぐらいに離れていった。やっぱりこれは安全になったって事だろう。問題なく単独行動できるようになったんだから、親方に感謝しないとね！

ちまちま薬草採取しながら森の奥を目指して進行。春になったばかりなので、冬の間にしか生えない珍しい種類の薬草なんかがまだまだたくさん残っててホクホク。これでまた色々と作れそう。

……そういえば冬の主討伐の時に中級ポーション結構使ったっけ？　時間見て暇な時にでも補充しておこう。

と、そんな事を考えながら嬉々《きき》として薬草採取しながら歩いていると、なんだか立ちくらみが。

……むぬう、運動不足が祟《たた》ったかな？　取り敢えず疲労回復ポーションでも飲んでおこう。ぐびり。

……が、しばらくするとだんだんと症状が酷くなってくる。眩暈《めまい》がやまないし、だんだん気分が悪くなってきて頭がぼんやりとしてきた。やがて脚にも力が入らなくなってしまい、ついにはその場にへたり込んでしまった。

なんだこれ？　一体何がどうなってるんだ？

……頭がぼーっとして思考がまとまらない。ぼんやりしながらもなんとか頑張って【探知】を使ってみたものの、範囲内にはノルン達の反応もない……よくわからないけど、なんだかまずい気がする。

どうしよう、とは思うものの上手《うま》く頭が回らない……気付かないうちに何かされた？　そうこうしているうちに全身に力が入らなくなってしまい、とうとうつ伏せに倒れ込んでしまった。

もぞもぞと動く事はできるけど、立ち上がる事はできそうにもない……とにかくまずい状況な事だけはわかるものの、対策が思いつかない。やばい、やばいやばい。

そんな焦りだけが増す中で、がさがさと草むらが揺れたかと思うと数人の男達が現れた。

「お、こんな所にいた。ちゃんと効いてるな」

「なかなか効かなかったから粗悪品でも掴《つか》まされたかと思ったぜ」

「まったくだ……うん？　なんか驚き過ぎじゃねえか？」

「あん？　あー、アレだろ、【探知】持ちなんじゃねーのか？」

「ああ、なるほどなァ」

驚きで声が出ない。いや、仮に声を上げていたとしても今の私の状態ではちゃんと声が出ていたかは怪しい。

でも今はそれどころではない。この男達は【探知】に反応がなかったのに急に現れた。どういう事？　何の反応もなかったのに、なんで？　そんな私の混乱も他所《よそ》に、下卑た笑みを浮かべながら男達が何かを話している。

「説明してやった方がいいんじゃねぇか？」

「別にいいだろ、めんどくせえし。さっさと攫《さら》っちまおう」

「そうもいかねえだろ、よくわかってねえみたいだし」

「お前、ネタばらししたいだけだろ？」

「わかるか？　びびらせたいしなァ……まあ、そういう事よ。で、おちびちゃん。俺達が急に出てきて驚いてるんだろ？　なんでわからなかったか教えてやるよ。おちびちゃん【探知】スキル持ちだろ？　で、それに反応がなかったのに急にぞろぞろ出てきたから驚いた、違うか？」

「あ、う……」

上手く声が出せない。もう脚だけじゃなく手の指先までまともに力が入らない。頭もぼんやりとしたままなのに、男達の声だけははっきりと聞こえる。

「だめだぜ、おちびちゃん。【探知】なんてのは所詮《しょせん》、探知系の初級スキルなんだから誤魔化しようなんていくらでもあんのよ。そんなもんに頼り過ぎてっとこういう目に遭っちゃうんだぜ？　勉強になったろ？　これからは気を付けろよォ？」

「おいおい、次なんてあるわけねーだろ、この状況で何言ってんだオメー」

「ばーか、わざと言ってんだよ！　見ろよ、震えちゃって、可愛いもんだろ？　そうそう、ついでに教えておいてやるか。おちびちゃん、ぼーっとして上手く頭が回らないだろ？　それ、毒な？　お前が森に入ってしばらくしたあたりから風上から流してたんだわ。手足も上手く動かないだろ？

それもそういう毒。ついでに魔法も使えないように魔力の動きを阻害する毒も使ってるから、抵抗なんて何もできねえよ。もう諦めろや」

……毒？　魔法も使えない？　何もできない？　どう……どうしたら？　どうしよう？　どうし……。

……ああ、ノルン。ノルンがいる。きっと来てくれる。なんとか頭を上げてあたりを見ようと首を動かした。

そんな私の動きに気付くと、にやりと笑いながら男が続けた。

「ああ、ちなみにあのでけえ狼《おおかみ》に期待しても無駄な。狼だの犬だのは人間よりも楽でなァ、鼻を馬鹿にする専用の毒があんのよ。ついでにおちびちゃんにも使ってた手足動かなくする毒も使ったから、助けには来ねーよ。つーか、この状況にも気付いてねぇんじゃねぇか？」

……そんな。

「おいおい、動かなくなっちまったぞ？　脅し過ぎたんじゃねーか？」

「へへへ、これがいいんだよ。さって、絶望に歪《ゆが》んだお顔を拝見、っと……ってオイオイ、こりゃあ……」

男の一人が手を伸ばしてフードを剝《は》ぎ取り、私の顔を衆目に晒《さら》した。いやだ、やめて。手足はともに動かず、碌《ろく》に抵抗もできなかった。

「おい、どうし……おいおいおい、こいつ、すげえ上玉じゃねえか」

「あん？　何だお前ら、いくら上玉だっつってもまだまだ餓鬼だろうが、そんなのにおっ立つのかよ」

「おー、行ける行ける。こんだけ整ってりゃ全然いけるわ、俺」

嫌な会話が聞こえる。絡みつくような視線が気持ち悪い。いやだ、見るな。いやだいやだいやだ。

「つうか、そんな事よりもコイツまだまだ餓鬼だろ？　本当にコイツで合ってるのか？　色々無理がねーか？」

「知らねえよ、そんな事！　俺達はこいつを連れてこいって言われただけなんだから、言われたように連れていけばいいだけだ、間違ってても俺達のせいじゃねぇよ！」

「……まあ、それもそうだな。で、お前は何をやってんだ？」

「あん？　そりゃ、決まってんだろ？」

そう言うと男達のうちの一人が私を脚で蹴り押して、仰向けに転がした。

「犬っころの毒はまだまだ効いてるんだろ？　ならここいらでちょっと楽しんでいってもいいだろ？」

「おいおい、そうはいってもあんまり時間があるわけじゃねえぞ？　って、おい、お前もかよ？」

「なに、コイツはえーからすぐ順番回ってくるだろ。一回りぐらいは行けるべ？」

「ちっ、しかたねえなあ……」

「そういうお前もやる気満々じゃねーか」

「いや、コイツの顔見てたらなんだかムラムラ来ちまってよ……なんかコイツ、エロくねえ？」

「あー、わかるわかる……さて、さっさと済ませちまおう。すっきりしてからお仕事再開ってな」

……男達が私の手足を押さえ、伸し掛かろうとしてくる。いやだいやだいやだいやだ、いやだ！

「や、らぁ……」

「無駄無駄、さっさと諦めちまった方が楽だぜ？」

そう言うと私に伸し掛かっている男が服を剝ぎ取ろうとしてるのか、私の襟元に手を伸ばしてくる……いやだ、やめろ！　いやだ！

「……らめ、らぁ………やめぇ……」

舌が上手く回らない。

「諦めろって」

ああああああああああああ！　いやだいやだいやだいやだいやだいやだいやだいやだいやだいやだいやだ！

……もう、無理だ。

そう諦めかけたその時、風が吹いて男の首が切り飛ばされて、その頭部がなくなった。少し離れた所で何かの着地音のようなものが聞こえ、次いで、私に伸し掛かっていた首なし死体が蹴り飛ばされて吹っ飛び、その首の断面から血が噴出した。

「無事か⁉」

……誰？　見覚えがある……ベクター？

「レンさん、大丈夫⁉」

着地音が聞こえた方からも声がする。聞いた事がある声。アリサさん？

「ありしゃ、しゃ……？」

「うん、アリサだよー！　リリー、遅い！　急いでー！」

「……ちょっ！　2人とも、はやっ……！」

……リリーさんも、いる？　誰かに抱き起こされる……これ、リリーさん？

「大丈夫ですか⁉　酷い事されてませんか⁉　……ああ、良かった、間に合った……！」

「ここは任せる、僕はあいつらを追う！」

「待ったー！　私も行くよー！」

2人が慌ただしく走っていく気配がする……。

……私、助かった？

128　穴があったら埋まりたい

こんにちは、大絶賛引き籠もり中の私です。

いや、無理でしょ？　無理無理無理無理ー！　怖くてお外歩けないよ！　うん、冗談じゃなく。

あの日、森で謎の暴漢達に襲われて、酷い目に遭わされそうになったところを助けられてから、かれこれ1週間ほどになるんだけどね。……うん、あれから一歩も部屋から出てません。ちなみにここ、リリーさん家《ち》ね。

もうね、普通に軽くトラウマですよ。普通に男性恐怖症ですよ。執事の人を見るだけで固まって震え出す始末ですよ。なんなんだ、誰だこのチキンは。いえ、私ですが。

【精神耐性】スキルはどうした！　クソの役にも立たないじゃないか！　……許容限界超えたみたいですよ。LV10って完全耐性じゃなかったの……？　マジ使えない。

ひん剝《む》かれる前に助けられたから完全に未遂だけど、貞操の危機に男とか女とか関係ないよね？ショックはショックだし。うぼあー。

……我ながら凄く豆腐メンタル。マジで鬱《うつ》だ、呼吸するのも嫌だ。生きてるのがつらい……。

そんな私を慰めてくれるのはノルンの毛皮。ノルンね、あれから一時も離れずに私の側にくっついてるんだよ。トイレの時は一時的にベルだけになるけど。

昼間は部屋の端の方で丸くなったノルンのお腹に埋まってただじっと天井を見つめ、夜は怖くて寝れなくてリリーさんに添い寝してもらってやっとなんとか眠れるというね……もうずっと眠りが浅くて眼の下の隈《くま》が凄い。最近は自作の睡眠ポーション使って無理やり寝てるけど。

◇

あー……まあ、そんなわけで鬱でひたすら落ち込んでるわけなんだけど、そうも言ってられないから、あの後、助け出された後の事でも話すとしますか。

数日前にベクターさんが来て色々教えてくれたんだけどね……うーん、どこから話したものか。

取り敢えず、リリーさんとアリサさんがなんでベクターさんと一緒に来たのか、ってところから？　いや、もっと前かな？　んー……。

そうだね、一番の原因はなんで私が襲われたか。ここからかな。

まあ、端的に言うと連絡不備が原因。主に私とベクターさんの間での情報の共有がされてなかったのが問題ね。

元々私に護衛が付いていたのは、ベクターさんの鍛冶依頼を受ける報酬として私が提示した諸々の条件を満たすためだったんだけど、その護衛対象である私に対して護衛を付けたという話をしてなかったわけね。当然全部で何人いるのか、どういう持ち回りで守りに付いているのか、そういった情報も一切教えてもらっていない。一応、年明けに親方から少し話を聞かされたという事にはなっているけど、それにしても詳しくは知らないわけで。

で、ここからが色々な行き違い。私は護衛が減ったのは安全が確保されたからだと思っていたんだけど、実は違っていたらしい。

親方が色々やってくれたお陰で、実際に私の事を嗅ぎまわっていた連中はほぼいなくなっていたらしいんだけど、それでも数人のグループがまだ残っていた、らしい。そいつらも私を襲った連中の仲間で、依頼主は色々と評判のよろしくない武器商人だったとかなんとか。意外にもカエル顔の商人は関係なかったらしい。

で、護衛が減っていたのはそっちの調査にも回っていたからだそうです。しかも、ベクターさんの命令で。

それを安全になったと勘違いした私がひょいひょい出歩いた結果、チャンスだと思った実行部隊が私を攫《さら》おうとした、と。……話を聞いてみれば、ぶっちゃけほとんどベクターさんのせいでした、というね？　貸しが増えたよ、やったね！　いや、良くないよ！

ちなみにリリーさんとアリサさんがベクターさんと一緒に救援に来たのは偶然、という事らしい。２人はベクターさんとは特に面識はなかったみたい。

私の救援には実は他にもギムさんやトリエラ、ケイン達もいたらしいんだけど、私はリリーさんに助け起こされた直後に気を失っていたので、後で話を聞くまで知らなかった。

このあたりの話も色々偶然が重なって複雑で……。


んー、取り敢えず、まずはリリーさんとアリサさんの話からしようか。去年王都で別れてハルーラに戻った2人は、色々あって結局一般職への就職を諦めて、冒険者一本で行く事にしたらしいんだよね。で、2人で話し合った結果、私を仲間に誘おう、という話になったらしい。

そして年が明けて春になって雪が解けたタイミングで王都行きの乗合馬車に乗って帰ってきた、と。

ところが、王都に着いて私を探してみればタイミング悪く工房を出ていった直後。しかし2人は私を驚かせようと、私が向かったと思われる森へと追いかけていく事にした。そしてその途中でなにやら話し込んでいるギムさんとトリエラ達に会ったらしい。

実はリリーさん達はギムさんと面識があって、以前一緒に採取に出かけた薬草の穴場もギムさんに教えてもらった場所だったみたい。駆け出しの頃に他にも色々と教えてもらったとかなんとか。

……人の縁って意外なところで繋《つな》がってるものだね。

……ちょっと話が逸《そ》れたね。

久しぶりに会った顔見知りがなんだか焦ってるっぽいのを見て、リリーさん達はギムさんに何があったのか話を聞く事にしたらしいんだよ。そして話を聞いてみると、以前世話になった才能がありそうな駆け出し冒険者の後を、素行の悪い連中がつけているようだった、と。更に詳しく話を聞いてみると、どうにもその駆け出し冒険者というのは私の事らしい。

その場にいたトリエラ達も含めて全員が私の知り合いだった、という事に驚きはしたものの、なにやらよろしくない事が起きそうな気配。

私の後を追うか、どうしようか。何かあってからでは遅いし、とにかくまずは追う方向で話がまとまりそうになったタイミングで、全速力で走ってきたベクターさんが登場。

この時のベクターさんは、私が森に入った直後に離れていっていなくなったと思っていた護衛の最後の一人が大慌てで呼びに行って連れてきた、という事だった。

護衛さん、一人だけだと私の後をつけている連中全員を相手にするのは無理と判断しての行動だったらしい。

ベクターさんから話を聞いた結果、全員が全力で私の事を探しに森の中を走り回って……で、なんとか間に合った、と。

とまあ、そんな感じだったとかなんとか？

聞いた話なので『らしい』を連呼したけど、私が実際に見て聞いたわけではないので、そこはご勘弁。

私を襲った連中は前々から素行が悪く、王都のとある犯罪者ギルドにも所属してると目されて、問題視されてた冒険者の連中だったそうな。

過去にも色々な犯罪に関わっていたみたいなんだけど、なかなか尻尾を出さなくて困っていたらしい。でも、最近はだんだんと行動が大胆になってきて隙を見せ始めていたとか？　私を攫う時にさっさと移動しないで現場で馬鹿な行動を取ろうとしていたのは、慢心もあったのではないか、という話だった。

なんでも凄腕の毒使いがいたとか色々話を聞いたけど、そのあたりは割愛。

私だけじゃなくノルンにまで気付かせずに複数の毒を使って行動不能に追い込んだのもそいつの仕業だったみたいなんだけど、犯罪者ギルドに伝わるなんだか色々ヤバイ毒とか凄い技術があったらしいよ？　スゲーよね、犯罪者ギルド。普通に怖いわ！

ちなみに下手人は何人か森で死んだけど残りは全員捕縛して、最終的には尋問の最中に全員死亡したらしい。なんだか色々制約魔術で縛られていたらしく、色々な情報などを吐かせたらばたばたと死んだのだとか。

あ、そういえば私を助けに現場に到着した順番はベクターさん、アリサさん、リリーさん、ギムさん、クロ、他の皆、という順だったみたい。まだまだ子供なのに、クロ、速過ぎない……？　残りのトリエラやケインは他の皆と一緒だったらしいね。

後は……毒を使われて嗅覚やらなんやらを狂わされ、私と分断されたノルンが怒り狂って、実行犯の一人を挽《ひ》き肉《にく》にしていたそうです。ノルン……ありがとうね？　ただ、ノルンと一緒にいたベルは少し怪我をしていたので、相手もかなり抵抗したっぽい。

犯罪者のミンチを作った後、なんとか私の元に辿《たど》り着いたノルンの剣幕はそれはそれは凄かったらしく、手が付けられない状態だったそうなんだけど……。一緒に旅をした経験のあるリリーさんとアリサさん、それにトリエラ達がなんとか宥《なだ》めて落ち着かせて、それでようやく街に帰る事ができたそうですよ？

なお、私はノルンに背負われて運ばれたらしい。というか、他の人が背負おうとするとノルンが暴れ出したとかなんとか。……あれ、私ノルンに愛されまくってる？

その後、王都に戻ってからは私の安全を確保する意味でも、以前滞在した事もある実績もあってリリーさんの家に匿《かくま》われる事になった、と。

とまあ、そんなあれこれをベクターさんが土下座しながら教えてくれましたとさ。

いや、もう王族に土下座させてるとか、どうでもいいよ。完全にそっちの手落ちだし。

とはいえこれで巨大な貸しができたわけだけど……それを盾に孤児院の事を頼んでみる？　……いや、なんか不安があるんだよね。不安っていうか嫌な予感というか……なんか、自作自演臭くない？

実行犯の連中は元々目を付けられていたらしいし、体よく囮《おとり》にされたような気が……。……うん、やっぱ今回は頼むのはやめよう。なんか胡散臭《うさんくさ》い。まだどこか信じ切れない。無理。

いや、多分今回襲われた事で男性不信になってるのもベクターさんを信じ切れない原因の一つなんだとは思うんだけど、何よりも今の精神状態で正しい判断を下せる自信がない。

そんなわけでベクターさんには特に何も言わずに、普通に帰ってもらいました。

ああ、一応黒幕だったという商人は既に捕まっていて死刑確定だそうで、そいつの店も色々大変な事になってるそうですよ？　別にどうでもいいけど。

後、犯罪者ギルドも摘発されてほぼ壊滅したとかで、今は残党の始末に忙しいとかなんとか？

とはいっても犯罪者ギルド、他にもまだまだいくつもあるらしい。

……王都に住むのが嫌になってくるね。

その後は昼は横になったノルンのお腹に埋もれてモフモフしながら落ち込み、夜はベッドでリリーさんに添い寝してもらいながらちっぱいに顔を埋めて落ち込み、ただただ鬱々と過ごす日々。

こんな私、もうヤダ。

◇

しかしながら流石《さすが》に1週間も落ち込んでると【精神耐性】スキルがじわじわと効いてきたらしく、多少は精神的にマシになりまして、こんな事ではいかん！　と、ちょっと荒療治しようと考えられるようになりました。

ええ、リリーさんにお願いして一緒に外出してもらう事にしました。具体的に言うと、ずっと手を握ってもらって、その状態でお出かけ。考えようによってはデートとも言えるかな？

周辺にたくさんの人がいる状況で楽しい思い出を作り、嫌な記憶を上書きする、という感じ？　上手《うま》くいけば大分マシにはなるはず！　【精神耐性】も効いてるし！

……楽観的過ぎる？　いや、開き直ってそのくらいに考えておかないとこのままズルズルと引き籠もり続けそうだし、だめ元でなんとかなーれ、って事で？　それにいつまでもリリーさん家にお世話になるわけにもいかないし……。

まあ、完全には治らなくてもそれなりに改善はするでしょ、多分。

「デート……お出かけですか？　いえ、私は構いませんけど、本当に大丈夫なんですか？」

「手を握っててもらえれば、多分？」

「うーん……とはいえ、確かにずっとこのままというわけにもいきませんか……わかりました、デートしましょう！」

そんなわけで、夜に同衾《どうきん》してる時にリリーさんにお願いしてみたところ、快く了解を頂けました。いえーい！　可愛子《かわいこ》ちゃんとデートだよ！

……いや、空元気だけどね？　勢いって大事だし……。はぁ……。

129　ひゃっほい、デートだ！　……え、これデート？

はい、そういうわけでデートです。嘘《うそ》です。

いや、嘘じゃないんだけど、ちょっとね……そもそもデートなんて言ってはいるものの、実際のところは、ただのリハビリだしね。

毒対策だのなんだのも重要ではあると思うんだけど、部屋から出られないという今の状態と比べればそんなものは断然、優先度が低いわけですよ。

はてさて、激しい鬱《うつ》状態のせいで部屋から出られないこの状況を早くなんとかしないといけないわけで。……そんな状況なのでデートでございい、なんておどけて無理やりにでも勢いで外出しようとしたわけですがー。

……初日は廊下に出て少し歩いたところでダウン。廊下の向こうの角から執事さんが歩いてきたのが見えたら足が動かなくなりました。私の豆腐メンタルめ。

2日目は階段まで行けたけど、階段を下りた先に人がいるのを見て部屋へリターーン。3日目でようやく玄関ホールまで辿《たど》り着いたのだぜ……！　もう帰っていい？　だめ？

とまあ、そんなこんなで屋敷の外まで出るのに4日も掛かっちゃったりしたわけであります。外に出たら、後はなんとかノリと勢いで……ともいきませんでしたが。門の外を歩いてる人がいて、そこでダウン。自分の事ながら、もう少し頑張りましょう。いや、頑張ってる方なの？　よくわからない……。

最終的に5日目にしてやっと門の外まで出られましたとさ。

その後はリリーさんに手を繋《つな》いでもらった状態で、えっちらおっちらと店が並んでる区画を目指して移動。

頑張ってなんとか通りの近くまで辿り着いたものの、そこで脚が竦《すく》んじゃって……。動けなくなって立ち止まっているところに、離れて様子を見ていたアリサさんが寄ってきて私の空いてる方の手を握って、一緒に来てくれるなんて言ってくれて、そこでようやく肩の力が抜けたというかなんというか……やっと脚が動くようになりまして？

「リリーには悪いけど、デートの邪魔しちゃってごめんねー？」

「私は別に気にしてないけど？　むしろレンさんの方はどうなんですか？」

「私としては、やっぱり心細かったみたいで……手を握ってもらえて脚も動くようになりましたし、一緒に来てくれるなら心強いですし、ありがたいです」

「じゃあ2人がイチャイチャできないように邪魔させてもらうよー」

「なんですか、それ？」

「……別に私は気にしてません！」

ほっぺた膨らませてそっぽ向いちゃって……リリーさん、滅茶苦茶気にしてるよね？　……あぁ、でもこのリリーさんの不貞腐《ふてくさ》れた顔、懐かしい……可愛い。

さて、何はともあれ人がいる所まで出てくる事ができたわけでして、そうなれば早速遊んで歩いてみましょうか！　ってなわけでウィンドウショッピングでござる。あるいは冷やかしとも言う。別に何か欲しいものがあるわけでもなし、元々の目的はリハビリだしね……まあ、問題がないわけではないんだけど。

いや、ほら……女の子の買い物の長い事っていったら、もうね……？

今は自分も女の子だし、多分平気だろうなんて甘い考えでした。うん、全然無理。でもおじさん大人だから怒るとかしないけどね。

あっという間に1時間経過し、イライラを通り越してもはや悟りに至る境地でございます。菩薩《ぼさつ》の気持ちになるですよ！

とはいえ、アレコレ見て回ってアレがいいだのコレが似合うんじゃないかだのと騒ぐのはなかなかに楽しかったりもした。なるほど、これが女子のココロ。レン、覚えた。

まあ、流石《さすが》に最初のうちは視線が怖かったりもしたんだけど、驚くぐらいの早さで気にならなくなって、むしろびっくり。【精神耐性】スキルすげえ！　……と、思ってたんだけどね？

いや、なんかこれ……劇的にＰＴＳＤが改善してるっていうよりも、急速に心の痛みに鈍くなっていってるだけのような気がするんだけど……？

なんだかこのままこのスキルに頼り続けると、人間性が失われていくような嫌な予感が……あれ、もしかしなくてもこれって地雷スキルだったりする？

……やめよう、これ以上深く考えるのはドツボに嵌《はま》る気がする。気付いてはいけない事に気付いてしまった気がしなくはないけど、この件に関してはもう触れないでおこう。取り敢えず今は役に立ってるわけだし。

と、そんなちょっとアレな事に気付いてしまったり、それから目を背けてみたりしつつも冷やかしは続いていくわけで。

でも、うーん……この辺のアクセサリーとかリリーさんに似合いそうな気もするんだけど、ちょっとデザインが気に入らないなあ。むしろあれだ、帰ってから自作した方が早い気がしてきた。それだと護身も兼ねて色々付与するのも可能だし。

よし、そうしよう。今日のお礼とかそういう感じで。


結局何も買わないで冷やかし続け、合間合間で軽食の類を買い食いしたりしているうちにお昼の頃合い。多少は買い食いしてたけど、流石にお腹一杯にはほど遠いので、広場っぽい所の屋台で適当に色々買い込んで3人並んで座ってお昼ご飯という事になった。

なったんだけど、なんというか……なんで売ってるのがホットドッグ？

「なんだか、ハルーラで流行《はや》ってるのを見た商人が真似《まね》し出したらしいですよ。他の街でも普通に売ってました」

マジか。

でもまあ簡単だし、すぐ真似できるからなあ。仕方ないというかなんというか。まあ別段こんなの真似されても私が困る事は特にない。商売するわけでもなし。

とはいっても見回してみた感じだと、ソースの類は売ってる店によって違うっぽい？　挟んでるウインナーを変える以外だとそこで変化付けるぐらいしかできないから、納得といえば納得ではある。

ちなみに今私が食べてるヤツに掛かってるソースは、なんか……バーベキューソースっぽいような、なんか違うような……合わないわけじゃないけど、本来の味を知ってる身だとコレジャナイ感が凄い。いや、食えなくはないんだけど。


腹ごしらえが済んだ後は少し移動して劇場で観劇。これがまたかなりお高かったりするんだけど、リリーさん達の奢《おご》りだったりする。

いや、自分の分ぐらいは普通に出せるんだけど。と、自分で出そうとしたらごり押しで奢られた。畜生め、このお礼は必ずするからな！　覚えてろよ！

と、そんなやり取りの後に開演。演目はなんだったかド忘れしたけど、内容としてはこの国の建国に関わる類の内容だった。

元々この国は竜殺しの英雄が建てた国って触れ込みなんだけど、そのあたりについての詳しい内容というか詳細というか……いや、これはこれで多分色々と脚色されてはいるんだろうけど。

……数百年前。元々このあたりには小国がいくつかあったらしいんだけど、ここから東の方にある山脈に黒竜が住み着いて暴れ回り、そのいくつかの国が滅んだりとかしてしまったそうな。

生き残った人々が困り果てていたところに、後の初代国王となる戦士と、その旅の仲間の勇者が現れたらしい。

……普通逆じゃない？　勇者とお供の戦士、とか言わない？　なんで勇者が仲間で戦士がメインなの？　……いや、気にしたらだめなんだろう、多分。

何はともあれ、２人は人々を救うために黒竜に挑んで、返り討ちに遭ったそうな。

生き残った人々も含めて色々と話し合ったところ、ここから北の湖には神様がいるとかいう言い伝えがあって、２人はそこに行って神様に助力を願う事にしたらしい。

道中でいくつかの苦難を乗り越え、無事に湖に辿り着いた２人はそこで実際に風の神様に会い、直々に聖なる武器を授かり、それを使って黒竜を倒したんだそうな。

黒竜を打ち倒した後、戦士は人々に請われて王になり、勇者はまた人々を救うための旅に戻ったとさ。めでたしめでたし。

うーん、色々突っ込みたい。だめ？　だめかー。とはいえ王族にも関わる話だし、批判染みた事言うのはまずいよね、確かに。

でもまあ、わかった事がいくつかあったりもする。

王都の北の湖が王家の聖地扱いになってるのはこの建国由来のためで、国教が風の神なのも同様。順当といえば順当なので、納得でもある。

国王と勇者は風の神様からそれぞれ聖槍《せいそう》と聖剣を授かったらしい。槍《やり》は後に初代王の名を冠し『竜槍ゲオルギウス』、聖剣は『アスカロン』と呼ばれるようになった。

初代王は戦友であった勇者の剣の名を王都の名前にして、友に敬意を表したとかなんとか。あと、初代王の名前はそのまま王家の家名になったっぽい。割と適当だな、王家。

ちなみに槍の方は国宝として王家所蔵になってるらしいね。あと、倒された黒竜の鱗《うろこ》とかの素材を使って真っ黒い甲冑《かっちゅう》が作られたとかなんとか。そっちも国宝扱いみたい。

……うん？　槍と黒い鎧《よろい》？　なんか、どこかで見たような……？　んー……思い出せないなら大した事じゃないだろうし、どうでも良いや。

そんな事よりも個人的に気になったのは勇者と聖剣の行方。特に聖剣の方。今もどこかにあるらしいんだけど……聖剣の実物を見てみたい。【聖剣作成】スキルが全然伸びてないから、何かの参考になるかもしれないし。

とまあそんな感じで、この国の建国に関するお話でしたとさ。

え？　自分の住んでる国の事なのに知らなかったのかって？　いやいや、一国民がそんな昔の事を詳しく知ってるわけがないじゃん。日本人全員が『日本書紀』とか『古事記』とか、内容を詳細に知っているとでも？　外国人に説明できる？　無理でしょ？　つまりはそういう事だよ。

観劇の後は晩ご飯まで、またしてもぶらぶらと冷やかしツアー再開。いや、他にする事ないし。食料品を買い込む？　いやいや、折角のおデートなんだからそういうのはちょっと……装備品も同様の理由で却下。そもそも私は自作してるし。

とはいえ我々3人は一応冒険者稼業で生計を立てている身なので、話題がなくなってくるとどうしてもそっちの内容に偏ってしまったのは仕方ないとは思う。でもまあ、そのお陰で私はリリーさん達とパーティーを組んで一緒に活動する、という方向で話がまとまったりもした。

あー、うん。誘われましてね？　リリーさん達も元々私を誘う予定で帰ってきたというのもあったので、折角だしご好意に甘える事にしました。

私としてもつい先日襲われたりしたわけで、今後もソロ活動するのは怖かったから、渡りに船だったとも言う。ぶっちゃけどう切り出そうか迷ってたから、正直助かった。

その後は結局、予約の時間まで暇を潰《つぶ》す事が困難になってきたので早めにレストランへ移動。いや、ウィンドウショッピングだけで何時間も時間を潰すのはいくらなんでも無理。無理無理。

予約の時間よりも早く店に行ってしまったとはいえそこは流石に一流のお高いお店だけあって、席が空くまでは待合室でお茶を頂けたりとサービスがしっかりしていた。

時間になって個室で食事となってからも色々とおしゃべりしつつ舌鼓を打つ。流石は王都の一流店、うまうま。

とはいえ、以前行った領都の店と比べてそう極端に差があるというわけでもなく、こう言うとちょっと角が立つ気はするけど、色々手を入れる余地はある感じ。というか余地しかない。まあ私は色々とアレだからそう感じるだけなんだろうけど。


食事が終わった後はお泊まり。ではなく、リリーさんの家に帰宅。流石に未成年でホテルにお泊まりしてむにゃむにゃなどという事はなかったのであった。残念無念。

え？　あんな目に遭ったのに何言ってるのかって？　いや、あんな目に遭ったからこそ可愛い女の子で癒やされたいんだよ。わかれよ。

と言いつつも今日も間借りしてる客間でリリーさんと一緒に寝るんだけどね。ちなみに今日はアリサさんも一緒。両手に花でござる。

あ、あと寝る前に２人からプレゼントももらった。

「ヘアピン、ですか？」

「はい。レンさんが料理してる時、時々前髪を邪魔そうにしてる時があったので……前髪を伸ばしてるのは顔を隠したいからだろうなー、とは思ったんですが、今後は私達も一緒に行動するわけですから、そこまで警戒しなくても大丈夫かなーと」

なるほど、リリーさん可愛い。照れ照れでそういう事言うところがあざとい。そして可愛い。これは本気で私を落としに掛かっていると見て間違いない。

なんて冗談はさておき、頂いたヘアピンは予備込みという事で合計6本。デザインはシンプルで模様とかも何もなく、魔鋼をベースに表面に銀メッキ、かな？　そしてよくよく見てみるとこのヘアピン、どうやら【魔力回復促進】の付与がある模様。ＬＶ1だけど。

「これ、【魔力回復促進】の付与がありますね」

「わかるんですか⁉　ちょっと見ただけなのに⁉」

「リリー、ほら、レンさんだから……【鑑定】とか持っててもおかしくないよー」

相変わらず酷い言われようである。

「ええ、まあ。【鑑定】は持ってますので、色々とお役には立てるかと思います」

ちなみにこの付与自体は知り合いの伝手《つて》を頼って施してもらったらしい。なんでもリリーさんの親戚の叔母さんがそっち関係に伝手があるとかなんとか？　うーん、その錬金術師を紹介して欲しい……。【錬金術】スキル覚えたい。

あー、後で2人にお礼しないと。何か実用性の高い装備品あたりでも。……アクセサリー系の方がいいかな？　んー、でもアリサさんは前に魔剣欲しがってたよなあ……。そのあたりも選択肢に入れておこうか。ともあれ、時間を見て何か作ろう。

布団に入ってそんな事を考えつつも、なかなか寝付けなかったのでどうせだからと色々と考えてみる事にした。落ち込んでいた時はそれどころじゃなかったけど、今は大分頭も冷えたから考える事がたくさんあって困っちゃうね。実はリハビリデートの最中にも色々と考え事をしてたりしたんだけど。

そんな感じで、取り敢えず大雑把にこれまでの反省と対策とこれからの方針について色々と決めた。細かいところは明日詰める感じ？　うーん、反省点が多過ぎて、別の意味でへこむわ……。

130　一人反省会と旅立ち

　というわけで翌日であります。

　2人はもうお仕事にお出かけ。人は働かねばご飯が食べられないのである……！　いや、実家だしそんなにあくせくとしなくてもいいと思うんだけど、それはそれ、これはこれ、らしい。真面目《まじめ》だ。

　ちなみに今の私は朝ご飯を頂いた後にちょっと庭を散歩させてもらって、家の外に問題なく出られるかどうかを確認した後に、間借りしてる部屋へと戻ってきたところ。

　うん、外出は問題なかった。これで悪い意味での引き籠もりからは脱出できる。

　さて、最大の問題が解決したところで今日は一人反省会であります。ってなわけでベッドの上で胡坐《あぐら》なぞかいて座り込んでみる。ついでに腕も組んでみようか。あと顰《しか》めっ面《つら》してみるのもいいね、深刻っぽく見えるかもしれないし。

　……と、おどけるのはここまで。ちゃんと真面目に考えないと。

◇

まずは今回暴漢に襲われた件について。まあ、ぶっちゃけて言っちゃうと危機感が足りてなかったと思う。あとちゃんとできてたようで、全然警戒心も足りてなかった。

落ち込んでた時は全部ベクターさんのせい、なんて言ってみたものの、私自身もこのあたりしっかりしてなかったのが非常にダメダメだったよね。

いやまあ、だからといって全部私の自業自得だったなんて言うつもりはないけど。当然ベクターさんにも不備はあった。けど、親方から護衛が付いてるという話を聞いた後にベクターさんに連絡をとってもらって確認するぐらいの事はしておくべきだった。これは完全に私のミス。

でもなにより問題だったのは私自身の警戒心の薄さと危機感不足だったと思う。原因は……慢心かな、やっぱり。

前世の記憶を思い出してからは、ある程度自重を放り投げつつも自分の安全を最優先にして行動していたつもりではいたし、なんだかんだといって問題は回避できていた。それが無意識の慢心に繋《つな》がって、どんどん行動に隙が増えてしまった原因じゃないかなあ、と。

曲がりなりにもそれなりに問題を回避してしまっていたというか、問題に直面してこなかったからというか……お陰で今回、危機的状況に陥ってしまったわけだけど。

とはいえ今回は最悪の状況は避けられたし、こうして反省する機会にも恵まれたのは非常にありがたい。怪我の功名とでも思っておこう。……いくらなんでも2度目はないだろうし、本当に運が良かった。ＬＵＫ値低いのによく助かったな、とは思うけど。

……さっき確認したらとうとうＬＵＫ１になってたけどな！　畜生！

気を取り直して、まず大前提としては今回の事を踏まえて、今後の行動は一層慎重にする事。そしてできる限り一人で行動しない事。

前者は、流石《さすが》にあれだけ危ない目に遭った以上はいくら私でもちゃんとすると思いたい。

後者に関しては、野外では当面の間はノルンかベルのどちらかと必ず一緒に行動する事。これは今考えている対策が取れるまでは必須。

街中での行動に関しては、リリーさん、アリサさんとパーティーを組む事になったので、安全性は上がるはず。とはいえベルを連れて歩くのは必須だけど。ノルンは大き過ぎて悪目立ちするからね……ちらりと横目でノルンの方を見つつ謝罪しておく。マジでごめん。

野外の街道などの移動の際には基本的に馬車を使用する。これに関しては街の出入りの際も仕舞わず、文字どおりの常時使用。入街税をケチるよりも身の安全の方が大切だからね。御者に関しては街の外ではゴーレムを使うけど、街中ではアリサさんかリリーさんに頑張ってもらう感じかな。馬ゴーレムに関しては諦める。

できればもう何人か信頼できる仲間が欲しいなあ。……トリエラ達に打診してみようかな？……でもあっちも大変だろうし、今のところ上手《うま》く回ってるみたいだし……。んー、これはなしか。それに仲間を増やすとなるとリリーさん達にも確認しないとだめだし、これは後で相談かな。

そして、一旦王都からは出る方向で。正直言って人が多い所はまだ怖い。だから王都を出てハルーラあたりのちょっと田舎でしばらくまったりと過ごしたい。

さて、行動方針はこんなところかな。まだまだ決めないといけない事や気を付けないといけない事はたくさんあるけど、一応は、という感じで。


次は諸々の対策その一、毒。

これに関しては、実は現状でも問題がなくなり始めてたりする。いや、襲われた翌日にステータスを見てみたら【毒耐性】スキルが増えてたんだよね、LV1で。

で、翌日から不眠症っぽくなっちゃって、寝る時に睡眠ポーション使うようになったでしょ？　どうにもそれが毒判定だったみたいで……今、LV3まで上がってるんだよ。

つまり、安全を確保した状態で毒判定のポーションとかを飲むようにしていけば自然とレベルが上がる、というわけでして。なのでこれからはLV10を目指してちまちまと服毒します。

……我ながら言ってる事がおかしいな。

ちなみにアルコールも毒判定らしい。お酒スキーなのに酔えないとか……いや、いくらでも飲めると考えるとありなのか？　いや、でも……うーん。

一応、耐性系のスキルは意識して効果を弱めたりもできるみたいなので、このあたりの事は臨機応変に楽しもう。


対策その二、危険回避。これに関しては警戒系や探知系の上位スキルの習得と強化を目標とする。

……と、言いつつこっちも既にスキルが増えてたんだけどね。【毒耐性】同様に、翌日に。増えた警戒系のスキルは【危険察知】と【危険回避】でどちらもＬＶ１。探知系は【気配探知】のＬＶ１。後は【隠身】の上位の【気配遮断】でこれもＬＶ１。うん、欲しかったところが全部増えてる感じ。

あ、あと【隠身】下位の【忍び足】もおまけのように増えてたかな。こっちは初《しょ》っ端《ぱな》からＬＶ10だったけど。まあ【隠身】が既に10だから、後から覚えた下位スキルがカンストしててもおかしくはないんだろう、多分。

何はともあれ欲しかったスキルは一通り揃《そろ》ってるみたいなので、後はレベルを上げるだけ、と。うん、楽でいいな。

【危険察知】は、危険を感知するとなんかきゅぴーん！　ってなんか来るスキル。【危険回避】の方は勝手に身体が動いて回避したりするらしい。なんだか逆手に取られて逆にピンチになったりしそうだな、こっちは。……ちょっと気を付けておこう。

【気配探知】は生き物の気配に特化した【探知】、と言えばいいのかな？　特化してる分、効果は非常に高いらしい。【気配遮断】は文字どおりの効果。隠れてのスナイプが捗《はかど》るね。

新しく増えた補助系スキルはこのくらいかな？

……実は一つ、大問題があるんだけどね……いや、【魔性】スキルのＬＶが一つ上がって２になってましてね。

襲ってきた連中に顔を見られた時、どうも誘惑状態にしてしまったみたいで、経験値が入ったっぽいんだよね……。取り敢えず常時【偽装】と【隠蔽】を全開で使うようにして、眼鏡の【偽装】と【隠蔽】の付与のレベルも上げて……これでなんとかなって欲しい。あ、念のため【気配遮断】も付けておこうかな。

そうそう、【偽装】と【隠蔽】はそれぞれＬＶ１ずつ上がって７になってました。一応これも報告。

対策その三、戦闘力強化。これ大事。

まずノルンとベルの強化。これは私のテイム系スキルの強化かな。とはいってもこっちもいつの間にやら、【従魔同調】と【従魔強化】の二つが増えていた。

【従魔同調】は文字どおり従魔の五感と同調して視覚や聴覚を借りたりするスキル。偵察に出た従魔の情報を自分で感じ取れるのは地味に便利だと思う。

【従魔強化】は従えた従魔の全ステータスを上昇させる強力なスキル。私は今ＬＶ１なので上昇率は10％。ノルンは元からステータスが高いから、10％上昇でもかなり凶悪な気がする。

後、衣類に付着していた残留毒物を【解析】してたらいつの間にか【毒薬調合】とかいう物騒なスキルが増えていた。これは作成した毒物の効果を高めたりできる危険なスキルだったりする。正直、使いどころに困る……逆に効果を弱めたりもできるみたいなので、【毒耐性】のレベルを上げるのに活用する感じ？

そうそう、スキルが一気に増えた事にも驚いたけど、もう一つ驚いたのは魔力系のステータスが急増した事。元々最大MPは2100あって、その時点でもリリーさんの10倍以上だったりしたんだけど、今はなんと3600。一気に1500も増えて仰天。更にMGCも一気に200上昇して、910に。とうとう4桁に手が届くところに……。

うーん、スキルが増えたのはなんとなく、危機的状況を脱したのが原因じゃないかと思ってるんだけど、MPとMGCに関してはマジで意味がわからん。

前もピンチを切り抜けたりした時にスキルが増えたり一気にLVが上がってた節があったんだけど……こっちは本当になんでだろう？　うーむ……一応頭の片隅にでも覚えておいて、そのうち調べてみよう。

対策その四、装備強化。これが最重要項目。

私自身の近接戦闘能力の強化は諦めた。運動神経だとか戦闘センスだとか、そういうのが完全にないと自覚しました。なので、そのあたりを補う装備を作ろうと思います。端的には防具。それも私が扱える防具。

だけど私は見てのとおり小柄で非力。多分だけど……成長してもこれ以上はあんまり変わらないんじゃないかと、諦めの境地でもあったりするのです。うん、背はもう諦めた。

体格的体力的筋力的に重装系の鎧《よろい》は無理。【重量軽減】の付与でなんとかするにしても動きを阻害したら何の意味もなくなる。私は一応素早さは高い方だから、そっちに影響が出るとあんまりよろしくない。

だからといって私に使える鎧がないわけではないのだ！　元々構想を練っていたものを予定を繰り上げて作る事にしました！

それは、乗り込み型ゴーレムアーマーである！　即ち人型機動兵器、ぶっちゃけロボットとも言う。

うん、前々から言ってた作りたいと思ってたものその二だったりするんだけどね。

なお、作りたいものその一は精巧な自律稼働型のアンドロイド。こっちは【オートマタ作成】スキルのレベルを上げていけば普通に作れる気がするので、追い追い。

ちなみに作りたいものは今のところその三まであったりする。そっちはまだ内緒。

え？　なんでロボットなのか？　そりゃあ、前世の私のお仕事がそっち関係だったからだよ。人型ロボットの兵器転用とかそういった感じのアレなお仕事。詳細は省くけどね。

詳しく知りたい？　イヤだよ、面倒くさい。もう生まれ変わって別人なんだから、なんだっていいじゃない？　知識は便利だから活用するけど。

で、ゴーレムアーマーの繰り上げ建造だけど……、本当はもっとスキルとか素材とか揃ってから作る予定だったんだけどねえ。……野外活動中にノルンとベルを私の護衛として拘束しっぱなしというのも、2匹の成長にはあんまりよろしくないから、已《や》むなし。

仕様の詳細は追い追い決めるとして、取り敢えず決める事はこんなところでいいかな？

色々と反省したり対策を練ったりした後は数日掛けて色々と準備。主に食料の買い込みだとか、色々な資材やら素材やら買い集めたりとか。後、商業ギルドでお金をおろしたり？　うん、また凄い金額が増えてたよ……。

ついでにアルノー工房に行って挨拶したり、親方に頼んで卸業者の所に連れていってもらって、色々な鋼材を大量に購入したりもしておいた。ゴーレムアーマーを作るとなると鋼材はどれだけあっても困らないのだ！　最低限、搭乗部周りは総ミスリル製にしたいので、ありったけのミスリルを購入して驚かれはしたけど、仕方ないのである。目立たないようにするって言ってたって？　いや、これは流石にまだ投資の範疇《はんちゅう》だと思う、多分。

そんな感じで色々な準備に忙しくしているうちに、あっという間に出発の日になりましたとさ。

◇

そして出発当日。

というか、既に城門の外に出てたりするんだけど……何故かお見送りの方々が多数。

トリエラ達は数日前に挨拶しておいたのにいるし、それに併せてかシェリルさん姉妹もいる。後はギムさん達のパーティーもいるし……ちなみに工房の人達はいなかった。流石にお仕事が忙しかったみたい。

そういった面々と改めて挨拶を済ませると、最後の相手が登場。なんとベクターさんである。

態々《わざわざ》来たのか……暇なの？　ちゃんとお仕事しなよ。

なお、ベクターさんのパーティーの人達とは挨拶はなし。別に親しいわけでもないし、顔見知り程度だし。ニールに絡まれても面倒だし、何も問題はない。

「何も王都を出る必要はないんじゃないかい？」

「いえ、一度切り替えようと思いまして」

「なるほど……そういうのであれば、しばらく別の所で活動するのは確かにありだね」

「はい……ベクターさんには色々としてもらったのに、すみません」

色々と反省したのでベクターさんにもそれなりに対応しないとね、面倒だけど。私も悪かった事だし、仕方ない。

「いや、あの件に関しては、僕も連絡不足で悪かったわけだしね……こちらこそ申し訳ない事になってしまったと……」

「あの件に関しては私の危機感が足りてなかったのも大きいと思いますので、そんなに謝らないでください。お互い様だった、という事で」

「……そう言ってもらえると、少し助かるかな」

「いえ、孤児だった頃の苦労や警戒心もすっかり忘れて調子に乗っていた私にも問題があったと思います」

さて、このあたりでちょっと匂わせておこう。

「……君は、孤児だったのかい？」

「ええ、まあ……孤児も、色々大変なんです。生活とか、色々」

「そう、だろうね……」

「はい……。孤児院なんてどこも似たようなものでしょうけど、私の所は個人経営というかなんというか……。出資者がいるので、そちらの意向で色々と……。国営だとまた違うのかもしれませんけどね」

「出資者の意向？　……何かあったのかい？」

「さあ？」

にっこり笑顔で誤魔化す。これで何か思い至って調べたりとかしてくれれば儲《もう》けものかなーって、ね。仮に、もしこれで問題を解決してくれたとしても、こちらからお願いしたわけじゃないので貸し借りはなし、なんてずるい事は考えてないよ？　まあこっちも大分貸してるから、それでチャラにしてもらえるとありがたいかな、とは思うけど。

ここで色々明言しないのは、この場にトリエラ達もいるからだったりもするし、仮にベクターさんにしっかり頼んだとしても上手《うま》くいくとは思ってもいないからだったりもする。上手くいけばいいなあ、って程度の保険かな。もし今度ベクターさんに会った時に何か情報でももらえたらラッキー、くらい？

私の意味深な台詞《せりふ》を聞いてベクターさんは少し考え込むような顔をしていたけど、すぐにいつものイケメンスマイルに戻ってしまった。相変わらず胡散臭《うさんくさ》い笑顔だこと。

「レンさん、そろそろ行きましょう」

「あ、はい」

いいタイミングでリリーさんが声を掛けてきたので、最後に軽く会釈して馬車に乗り込み、出発。

本日も晴天、良い旅立ち日和。さて、これからどんな事が起きるかな？

131　結局寄り道する寄り道大好き人間、それは私です

ご機嫌よう！　レンでございます。

なんやかんやで王都を出て10日ほど経過したわけですが、ぶっちゃけ未だに次の街に着いてません。

現在、途中の適当な野営地に数日滞在中だったりします。確か王都からムバロに向けて4日くらいの場所だったかな？　実はそんなに離れた所でもなかったりする。

いや、別に急ぎの旅でもないし、ゆっくり行こうぜ！　って事になったんだよ。王都に来る時と違って、他の商人の荷馬車とかと同じぐらいの速度でだらだらと移動する事にしたんだよ。移動速度自体は冬にオニールに行った時に隊商と同行した経験があるし、なんとなく掴《つか》んでるので、問題ない。

で、こんな半端な所で何をしてるのかというと、ちょっと色々と準備というかなんというか……

まあ、私も含めて色々と修行というかなんというか？

当初の予定では途中の村に泊まりながら適当に依頼を受けたりしつつ、という話だったんだけ

ど、王都近郊の村だと結構商人の出入りも多いし、地味に他の冒険者も多かったりするんだよ。

色々準備だ何だするにしてもあんまり人目に付くのもちょっとね、と言ったところ、それなら適当な野営地にしばらく滞在してみる？　という突飛な案がアリサさんから出ましてね……。そしてやや非常識な私が賛成した事で多数決により可決され、実行に移す事になったわけであります。

とはいっても大きな街道の野営地で何日も過ごしていれば目立つので、実際には野営地そのものを利用するのではなく、野営地の近くの森のちょっと奥まったあたりを整地してそこを利用する事にした。

具体的には、樹を収納して回って整地してちょっとした広さの空き地を作って、そこに馬車に隣接する形で土魔法を使って簡易的な家のようなものを作ってみた。

まあ、あくまで簡易的なものなのでそこまで本格的ではないんだけど。寝室は馬車の簡易寝台をそのまま利用。馬ゴーレムも本来は必要はないけど一応厩《うまや》っぽいものを作ってそこに繋《つな》いでおいた。人に見られた時の言い訳用とも言う。

間取りとしては寝室代わりの馬車から間に廊下を挟んで居間。廊下の左端にはトイレ。トイレ前の横に厩への出入り口。居間には食事用にテーブルと椅子、部屋の端には休憩用にベンチを設置。更に居間からは台所とお風呂へ行ける、という感じ。あと、居間から直接外に出る構造なので玄関ドアも一応付いていたりする。

自宅を出せば手っ取り早いんだけど、流石《さすが》にあの大きさの家がいきなり現れたら目立つどころか騒ぎになる可能性もあるので、こういう形に落ち着いた。

え？　それでも目立つ？　いや、それもそうなんだけど……とはいえ、私の色々な準備をするために村とかで家を借りて、となると場合によってはもっと悪目立ちするから、ある程度は仕方ないというか諦めたというか……。これでも穏便な方法を選んだつもりではあるんだけどね、仕方ないね。

で、色々な準備とは言ったけど、やってる事はといえばパーティー連携の習熟と装備の新調だったりする。

まずパーティーの連携。実はこれが一番の問題だったりするんだけど、リリーさん達と私とノルン達との戦闘能力差が、なんというか……正直、隔絶していまして。

まずリリーさんとアリサさん。この2人の連携は申し分ない。流石の幼なじみ同士。

アリサさんは速さが身上の手数で勝負するタイプだけど、剣術のレベルも高いので一撃が極端に軽いという事もなく、オークの脂肪もなんのそので簡単に首を刎《は》ねるぐらいに強い。

リリーさんはその後ろで結界魔法で自分の安全を確保しつつ、攻撃魔法や補助魔法で援護。その上2人とも慎重なタイプなようで、基本的に安全マージンを大きめにとってる様子。無理はしない方針らしい。素晴らしい。

で、私とノルン達。

私は完全に後衛タイプ。前衛にノルンとベルを置いて、その後ろで距離を取って遠距離攻撃をするのが私の基本スタイル。応用として、巨人と戦った時のようにノルンに騎乗しての機動戦闘も可能だけど、こちらはあくまでも奥の手というか、非常時に取る戦法だ。むしろ立ち回りが大変なのであんまりやりたくないというのが本音だったりする。

まあ、私とリリーさん達の戦闘スタイルは基本的には同じわけなんだけど、殲滅力《せんめつりょく》が段違いなんだよね。

一度適当な魔物を相手にそれぞれの戦闘を見せ合ってみたんだけど……。正直、このまま一緒に行動すると連携どころか私とノルンだけで殲滅できてしまって、リリーさん達の経験にならないという結論になりまして。

最終的には前衛にアリサさんとベル。後衛にリリーさん。更に後ろにバックアップとして私と、私の護衛にノルン。と、こんな形を目指す事にして、ひとまず私抜きでリリーさん達とノルン・ベルとで連携の訓練をしよう、という話になったんだよ。

訓練で私を外す理由？　それは私の自衛能力の低さが原因。それを補うためのノルンによる護衛なんだけど、訓練の最中に危険な目に遭っても困る、という事で私はお留守番だったりする。

訓練中のフォローにノルンが立ち回らないといけないので、その間の私の守りが疎かになってしまう可能性があるから、というのが建て前で、実際はノルンが私が危ない目に遭うのを嫌がったからだったりする。

私が襲われた事件以降、ノルンの過保護が加速しましてね？　……ノルンの称号の『レンの保護者』ってなんなんだ。嬉《うれ》しいやらありがたいやらでちょっと複雑。

とはいえ、他にもいくつか理由はあったりするんだけど……まず、パーティーを組んだとはいっても、実際にはパーティーではなく徒党《クラン》を組んだ、というのが正しい。

徒党というのは複数のパーティーが寄り集まった大規模なパーティー、といったらいいのかな？

一般的な冒険者のパーティーというのは平均して４～６人ぐらいで組むのが普通で、多くても８人ぐらいまで。

とはいえ人数が多い方が得意分野も分かれるし、色々な状況に対応できるようになるという利点もある。ただ、10人を超える人数がまとまって動くと立ち回りが複雑化してくるため、依頼に応じて編成を組み分けたり、苦手な分野の依頼の時は休んだりと、運用が変わってくる。

まあ、６～８人程度のパーティーでも同じように依頼に応じて分かれて活動したりする場合もあるんだけど、大人数の場合は単一パーティーよりも徒党として登録した方が利点が大きくなる、らしい。

難しい特殊な依頼とか大規模討伐とか、そういう仕事の斡旋《あっせん》とか指名依頼とか、ギルド側が色々管理しやすい、というのも理由みたい？　このあたりの事情はギルド幹部候補の姉を持つリリーさんからの情報。

で、その幹部候補の姉であるところのサレナさんからリリーさんが聞いたという裏技が、徒党登録によりランク差や年齢差を誤魔化す方法だったりする。

今回の私とリリーさん達の場合、ランク差はそこまで問題にならないんだけど、パーティーを組んだ場合には私の年齢が13歳未満のために討伐系の依頼が受けられなくなってしまう。

ところが、３人で一つのパーティーではなく、私をソロ、リリーさん達をペアとして総数の３人の徒党として登録すると、リリーさん達は討伐依頼を受けられるようになるのだ。

そしてこうする事により、一緒に行動していても別パーティーであるという詭弁《きべん》が成り立つのだとか。なんてインチキ！

同一パーティーにランク差があったり、年齢制限に引っかかって依頼に制限が掛かる場合、稀《まれ》にこういう方法を取るパーティーがあるらしい。

まあギルド側も馬鹿ではないので、悪用されないために年齢差やランク差が大きい少人数徒党の登録は査定が厳しいとかなんとか……。

え？　徒党登録できたのかって？　普通に登録できましたが、何か？

いや、私ってギルドへの貢献度高いしね？　トリエラ達や他の冒険者への読み書き・計算の教育やギルド改革への助言などのせいか、ギルド内での評価がかなり高いらしくて、特に何も問題ありませんでしたよ。仕事は真面目《まじめ》にやっておくものだねえ……。


で、なんだっけ？　あー、別行動する理由だっけ？

今説明したように便宜上は別パーティーっていうのもあるんだけど、次の理由は装備の更新ね。あるいはプレゼントのお礼とも言う。

リリーさん達の装備と私の装備のレベルに差があり過ぎるというのもあるんだけど、私のリハビリに付き合ってもらった時にヘアピンもらったじゃない？　そのお礼も兼ねて、私が2人の装備を作ろうかなー、と。

というわけで作成したのがこちら。

まずリリーさんの指輪。

【全属性強化LV5】【魔力消費軽減LV5】【魔力回復促進LV5】【魔力操作LV5】【魔法効果増幅LV3】が付与されております。リリーさんって自前で杖《つえ》持ってるし、それが気に入ってるみたいだから邪魔にならないように装飾品にしてみたのだ。名前は……んー、安直に『増幅の指輪』とか『マジックリング』とか？

次に『ミスリルローブ』。私の服と同じでミスリルメッシュの服。というか、服の上に羽織る魔法の法衣ね。

こっちの付与は【全属性LV5】【防御強化LV5】【耐久強化LV5】【重量軽減LV5】。私の装備よりも若干付与のレベルは落とした。一応自重したんだよ。

で、アリサさんの剣、ぶっちゃけ魔剣ね。

ミスリル製の片手剣で、付与は【風属性LV5】【無属性LV5】【攻撃強化LV5】【耐久強化LV5】【筋力強化LV5】【敏捷《びんしょう》強化LV5】【ウェポンスキル：加速】。

アリサさんの長所を伸ばしつつ、短所も補う形の構成にしてみた。【筋力強化】と【攻撃強化】で一撃の軽さを補いつつ、【敏捷強化】と【風属性】で速度の底上げ。単一属性剣だと汎用性に欠けるので【無属性】を追加。

更にウェポンスキルの【加速】は『あらゆる行動を加速』させるという技。『移動速度』を加速したり、『攻撃の威力』を加速したり、『思考速度』を加速したり。解釈次第で割となんでも強化できるという、ちょっと色々おかしいチートスキルだったりする。まあ、その分使いこなすのは大変だろうけど、そこはアリサさん頑張れ！　という事で一つ。

え？　剣の名前？　名前は……考えるの面倒なので、アリサさんにお任せで！

最後に小手。というか、小手のような何か？

アリサさん、臨機応変に動けるように両手が空いてる方が良いとの事で、完全に手が塞がる盾よりは小手の方が良い、との注文だったのだ。

なんでもアリサさんの家の流派は利き手とは逆の手の装備次第で色々立ち回りを変えられるらしく、小手なら殴るし、短剣なら受け流したり接近時に鎧《よろい》の隙間を刺したり、盾なら当然受け流しにバッシュに、と色々と扱えるらしい。

その上アリサさんは二刀流スキルも持っているので、私の作った魔剣とは別に元々使っていた剣もそのまま並行して使うのだ。そうなると装備が増えてしまう。とはいえこれ以上装備重量が増えるのも困るという事で、盾よりも小手がいい、と大変良い笑顔でおっしゃったのであった。

元々戦場で練り上げた超実戦派の流派らしいので、なんと言うか……怖いわ。

ともあれ、そういった注文だったので左腕用のミスリル製の小手を作成。上腕部まで覆う形で、前腕部はやや大きめの装甲を付けて、簡易的に小盾のように扱う事もできるようにしてみた。付与は無難に【無属性LV5】【攻撃強化LV5】【防御強化LV5】【耐久強化LV5】で、右手側は今のところ不要との事で、必要になったら追加で作成する事になった。

というか【攻撃強化】が付いた小手って……いやいや、考えようによっては面白いかも？　ふむー？

おまけで元々使ってた細身の剣も【無属性ＬＶ３】を付与しておいた。元々魔鋼製だったのでこっちはすぐ終わった。


ただまあ、これらの装備を渡した時のリリーさんがまたしても遠い目になってしまっていたけど、特に問題はないはず。

だってアリサさんは『これで私もとうとう魔剣士だよー！』って喜んでたしね！　リリーさんも喜べばいいと思うよ！

そんな感じで２人の装備を更新した事もあって、それらの装備の習熟にも実戦訓練は必須なんだよ。


で、これらの装備の作成に時間が掛かった、という建て前で１週間ほど部屋に引き籠もってたわけです。実際の作成は全部合わせて２日で終わってたけどね。

残りの時間は何をしてたのか？　そりゃ日課に決まってるでしょ、言わせんなよ恥ずかしい。いや、あんな事があったから忌避感でもあったら困るなあ、という確認の意味もあったんだけど。

うん、まあ……特に問題はなかったよ、多分？　もしかすると気付かなかっただけで何か不都合があったのかもしれないけど、気付いた範囲では特には何もなかった。

とはいえ別にそっちの確認だけが理由というわけでもなく、私が物作りに没頭すると引き籠もる癖があるよ、というブラフと言いますか？

いや、今後はソロじゃなくてパーティーでの活動になるから、今まで以上に日課の時間が取りづらくなるからね。これは今後のためにも仕方ないんだよ。

え？　自宅を出してないのに日課ができるのか？　そこはまあ、色々とね？

今回は物作りをするための作業小屋を別途建てて、そこにダミーで寝泊まりできるようにベッドも設置しましてね？　で、その作業小屋から地下通路を掘って、大分深い所に広い空間を作って、そこに自宅を出して対応しました。作業中に声を掛けられても集中しているから返事はできない場合もある、と予防線も張っておいたので万全ですよ。ふはは！


あ、ちなみに食事当番は持ち回りになりました。一応全員【料理】スキル持ちだったのもあって、そうなった。私一人に負担を掛けるのもパーティーとしては問題がある、との事でリリーさんからの提案だったんだけどね。

実際、ほとんどの大荷物は私の【ストレージ】で運んでるわけだし、メンバー全員の役割分担を考えると、私の負担分がかなり大きいというのは事実だからなあ。

ただ、アリサさんはちょっと不満げだった。アリサさんは【料理】スキルがまだＬＶ２だから、３人の中では一番低いので比べられるのが嫌みたい。ちなみにリリーさんはＬＶ４、料理屋を開けるレベルだったりする。

私はＬＶ10なので、むしろ目立たないためにはひっそりと生きていく必要があったりするわけですが！　レシピの問題もあるし、色々悩ましい……。

とまあそんなわけで、私が多少引き籠もっても食事に関してはあんまり問題がないのである。

なお、引き籠もっている間に訓練で手に入った食材とかのナマモノ系の戦果はノルンの【アイテムボックス】に一時保管しておいて、私が作業小屋から出てきたらこっちの【ストレージ】の方に移す、という感じ。それに日持ちしなさそうなものは氷魔法で凍らせてから仕舞っておけば、ノルンの【アイテムボックス】でも長期保存できたりする。

でもまあ、今引き籠もってるこのあたりに出る魔物はゴブリンやコボルトがほとんどで、オークはたまに出る程度なのでそんなに気にするほどでもないんだけど。

何にしても訓練も積みつつ２人の装備も更新したし、次は私の装備かな？

んー、ゴーレムで鎧……ああしてこうして……あ、まずい。だんだん面白くなってきた。

132　準備完了、さあ出発だ！　……なんてね

そんなわけで念願のゴーレムアーマー（仮）が完成したぞ！

いやあ、途中で興に乗り過ぎて、ノリノリどころか多少悪ノリした感は否めない。だがそれが良い！　反省はする、反省はするが後悔はしない！


と、そんなこんなでできあがったのがこちら、全長2・5mほどの乗り込み型ゴーレムアーマーとなります。名称は、うーん……『魔導甲冑《かっちゅう》』とか？　一応鎧《よろい》だし、全身鎧だと考えれば『甲冑』だし、魔法技術の固まりだし、まあそんな感じ？

ちなみに見た目は某帝国のカゲキな団の方々が乗ってるような、カプセルっぽいものに手足が生えてる風な外見だったりする。つまり、頭部はない。

胴体部でもあるカプセル部分が搭乗部というかコックピットというか操縦席になっていて、前面部がガバッと上に開いて乗り込む構造になっている。

ちなみに脚は結構ごっつい脚が4脚。2脚で試験稼働させたところ、森の中を歩かせた時に転んで起き上がれなくなりましてね……。悪路での安定歩行を優先した結果、このようになりました。

ただし、足首には無限軌道を取り付けたので、開けた場所ではローラーダッシュも可能だったりする。キャタピラは浪漫だよ！　むせる！

腕は普通に2本。ただしこちらも結構ごつい。あと、細かい作業用に股間のあたりに折りたたみ式のサブアームを取り付けてみた。取り付け場所がちょっとアレかなーとは思ったんだけど、他に適当な場所がなかったので已《や》むなし。

全長2・5mと小型にしたのも一応ちゃんとした理由があって、閉所というかそれなりに狭い場所でも使えるようにするためだったりする。ほら、いずれはダンジョンとか行きたいしね？　まあ、私が小柄だからそれに合わせたという事もあるんだけど。

将来的には完全に人型で大型の機体も作ったりするつもりだけど、今回は試作型というのもあるので、まずは小型で実用性重視。どうせちまちまと改造するつもりだし、運用データを集める目的もあるから、そのあたりは割と適当だったりもする。


搭乗部はかなり狭いため、居住性はあんまり良くはない。とはいえ操縦席の座席シート自体はクッションが効いてるので座り心地は凄く良いけどね。こういうところは妥協してはだめなんだよ、長時間の行軍とかで影響が出てくるから。操縦席にはベルトが着いていて、腰回りで固定する。その関係上、搭乗時にはマントは外さないといけない。

操縦席には備え付けのバイザー付きヘッドギアがあって、それを装着する事で『魔導甲冑』の視界と同期する。機体の前面装甲にモノアイ的なものが付いていていて、それにシンクロする形だ。ヘッドギアのバイザー部は跳ね上げる事もできる。全天周囲モニターにしても良かったんだけど、どうやらまだスキルが足りない模様。……毎度の事ながら基本になる【錬金術】スキルがないのが地味に痛い。

技術的、構造的、システム的な部分の詳細は省くけど、この座席周りが『魔導甲冑』の最重要部分。この座席周りに機体そのものとの同期機構が備わってるのだ。具体的には【ゴーレム制御】と【ゴーレム同期】が付与してあるのである。

操縦桿《そうじゅうかん》とフットペダルはほぼ飾り。一応補助的に機体を動かす事もできるけど、メイン制御はスキルによるシンクロ操縦。パイロット自身がスキルを持っていなくても先述のとおりコックピット周りが一種の魔道具になっているので、なんら問題なく動かせる。ただしパイロットがスキルを所持してる場合はスキルの相乗効果でより高度な操縦も可能になる。

動力はパイロット自身の魔力。つまりMP。座席から直結で供給する。ただし現状では燃費は劣悪の極みなので事実上私にしか動かせない。このあたりも要改善だ。まあ、私以外でも私と同じように大魔力持ちの天人だとか、あるいは強力な魔導師なら動かせるとは思うけど。

とはいえ非常時への備えは大切なので、機体背面にバックパック型の大型魔力バッテリーを装着してある。取り外し可能。今まで溜《た》め込んだ大量の魔石を【創造魔法】を使って合成して、それなりに高品質の魔石を作る事ができたので、それを使って作ってみた。補助動力として使う事もできるので、運用面では多少の融通が利く、と思う。

武装は大盾と斧槍《ハルバード》。大盾にはパイルバンカーが付いていて、地面に打ち付ける事で固定する事もできる。当然敵に打ち込んで攻撃に転用も可能だ。浪漫武器、大事！

斧槍は、リーチや汎用性を重視して選択した。剣とかよりもそれっぽいかなーっていうのと、後は割と趣味。先端部をドリルにしようか迷ったのはここだけの話。

とはいえドリルも浪漫なので、別途ドリルランスなんてのも作ってあったりする。武装の換装は【ストレージ】を使って一瞬で終わるので、暇な時に他の武器を色々作ってみても面白いかもしれないね。

機体素材は、搭乗部であり操縦席でもある胴体部は総ミスリル製。防御重視である。重要なのはシェルターとしても機能する事であって、戦闘力はおまけでしかないのだ。

同様の理由により、手足は魔鋼製だったりする。破損や故障も多いだろうから、ある程度は消耗品という前提で換装しやすいように、との理由もある。なお、手足の換装も【ストレージ】を使う事で一瞬で終わる。【ストレージ】マジチート。

ちなみに分類はちゃんと『鎧』らしい。お陰で色々と付与するとちゃんと恩恵が得られる。しかも当然ながら私自身の魔法も普通に行使可能なので、魔法を併用すれば単騎で面制圧だってできそうな感じである。マジでヤバイ。

なお、移動音に関しては風系の付与で消音が可能だったので、がっしょんがっしょんと目立つ音を立てながら移動する、などという事はない。

付与で色々できるっぽいし、組み合わせ次第では色々と面白い事もできそうなので、このあたりも要研究、と。ほら、光学迷彩とか……。

とはいえまったく欠点がないというわけでもなく、全力で戦闘機動を行った場合、バッテリーも含めて5分ほどで全MPを使い果たして魔力切れ状態に陥る。ぶっちゃけ、気絶する。

うん、『魔導甲冑』の運用は慎重に行わないとだめだね……。ちなみにバッテリー併用の省エネエコ運用だと5時間ぐらいは余裕っぽい感じだったけど、私のシェルターとしての運用が基本になりそう？

◇

一応私専用の鎧が完成した、という事でリリーさん達にお披露目したところ、いつものごとくリリーさんは虚ろな目になってしまった。解せぬ。

逆にアリサさんは大喜び。私の守りが磐石《ばんじゃく》になれば攻撃に集中できるという事らしく、立ち回りの最中にあまり頭を使わないで済む、というのが理由らしい。いや、ちゃんと頭使おうよ……。

で、アリサさんやノルン達を相手に戦闘試験してみたんだけど、ここで思わぬ利点が判明。

なんと、『魔導甲冑』を使えば私にもまともな近接戦闘が可能になる事がわかったのだ！

そもそも、ゴーレムの遠隔操作はイメージが重要だったりするのだ。そして、現代日本のオタクの妄想力は無限大なのだ。ロボットアニメも見てるしね！

そういった諸々の理由により、『魔導甲冑』使用時の私の近接戦闘力はなんとアリサさんやノルンと比肩するレベルだったりするのである。魔法や【操剣魔法】を併用すれば文字どおりに圧倒できそうな予感すらある。


翌日は全員で軽い連携確認。『魔導甲冑』に乗った上にノルンの護衛付きなので私の守りは万全だ。前衛チームがピンチの時はノルンにヘルプに行ってもらう事もできるので、安定性が一気に跳ね上がった。リリーさんはやる事がなくなったと嘆いているけど、私の方がもっとやる事がないのでそこは我慢して頂く。

と、そんなこんなで一通り準備が完了したので次の日にはここから出発する事になった。

しかし、うーん、結局『魔導甲冑』の作成に時間を使い過ぎて、３日しか日課に使わなかったなあ……。いや、別に日課中毒ってわけでもないから何も問題はないんだけど。

日課は嫌いじゃない、むしろ趣味と言っても良い。でも物作りするのも料理するのも美味《おい》しいご飯を食べるのも趣味だ。あと寝る事も結構好き。

つまり、それらのいずれかをやっていればストレス発散になるのだ。それは即ち好きなようにやりたい事やってるだけという事でもある。なんというストレスフリー！　素晴らしい！

気を取り直して翌日、朝早くに家を出ようとしたところで、なにやら武装した集団が近づいてくるのが見えた。

何か厄介事か⁉ と構えていたところ、どうやらその集団は騎士が率いた衛兵の部隊だった。

なんでこんな所に騎士？ と首を捻《ひね》ってみたけど、原因は私の作った家。

うん、この森、一応国有地だったらしい。それを私が勝手に切り開いて広場を作り、更に家まで建てて勝手に住み着いていたわけで、そんな事をすれば当然ながら問題にならないわけがなかったのだ。まずい、早速やらかした！

これは捕まっちゃったりするのかしらん？ と恐々としていたところ、別に捕まえに来たというわけではなく、条件付きで見逃してもいいという示談のお話だった。

そもそも野営地の開発や維持管理は国の事業だったりするんだけど、国家事業なんてものは何をするにもとにかくお金が掛かる。インフラ整備にお金を使うのは経済を回す意味でも大切なんだけど、それはそれとしても開発計画とか開発規模とか、決める事が多くてなかなか手が回らない、とかなんとか。

そんな事情のお陰か、今回は私の建てた家をそのまま国の管理にする事と、追加でもう2軒ほど同じ家を建てる事を条件に、見逃してもらえるらしい。助かった？

一応騎士様に家の中を見て確認してもらったところ、風呂場まである事に驚いていた。ちなみに排水溝は森の方まで引っ張ってあって、垂れ流しになっている。ただ、使いやすさも考えて追加で台所に井戸を掘ってあげたところ、大喜びだった。井戸に設置するポンプは後で国側で用意するらしい。

また、私は馬車を寄せて停《と》めて使っていたけど、屋根がない馬車が使う場合の事も考えて馬車を停めていたあたりに屋根を増設。

そして追加で建てる2軒も同じ間取りで作成。


色々とサービスしたところ騎士様は大層な喜びようで、なんと別途報酬を頂ける事になった。冒険者ギルドに話を通して、公営事業の依頼をこなした扱いにしてくれるらしい。報酬はギルドカードに振り込んでおいてもらえるそうなので、王都まで受け取りに戻る必要もない。良い事尽くめだ。

何か裏でもあるのかとも思ったけど、やってきた騎士様は人が良さそうな顔つきの、薄幸そうな雰囲気の人だったので、そんなに警戒する必要はない気もする。なんだかブツブツと上司の無茶振りで困っているような事も呟《つぶや》いてたし。

うん、この話は受けても問題なさそうかな？


街道から森の中の広場まではギリギリ馬車が1台通れる程度の横幅の道しか作っていなかったので、馬車2台が並んで通れる程度に拡張工事をして作業は終了。

後で街道沿いの方の元々の野営地を拡張して、こちらまで繋《つな》げる工事を行う予定らしい。なんで

も この森、魔物の強さ的には中堅どころの訓練などで使うのに丁度良いとかで、地味に野営地の使用率が高かったらしい。なので、私が作った宿泊設備があると、それこそ徒党《クラン》所属の中堅や駆け出しのメンバーの強化合宿に使えるようになるのでありがたいのだとか……。

そうだったのか……。２週間近く滞在してたけど、特に他の冒険者に会う事もなかったから気付かなかったわ。そんな事をリリーさんに言ったところ、リリーさん達は森の中で何度も出くわしていたらしい。

ご飯の時にそんな事一度も言ってなかったじゃん⁉　ちゃんと情報共有しようよ……。

と、しっかり情報共有していなかったという問題点も出てきたので、今後は色々しっかりと話し合いをする事にしよう、といった新しい方針も決定。

そういった諸々が終わる頃にはもう昼を過ぎていて、仕方なくもう一晩ここに泊まって出発は次の日にずらす事になったのだった。予定は未定とは言うけど……。

まあ別に急ぎの旅じゃないからいいんだけどね？

ステータス表

※4巻終了時点

レン

【種族】天人族
【職業】Eランク冒険者／Cランク商人
スナイパー／スカウト
ライダー／マスターウィザード
アークエンチャンター
ビーストテイマー
ゴーレムマスター
魔法鍛冶師／料理人
【称号】探求者／狙撃手／霊獣使い
魔剣鍛冶師／刀匠
フェンリルライダー／巨人殺し
【年齢】12歳
【身体特徴】黒髪
金瞳

HP	62/62	AGI	8(+15) (+8)
MP	2100/2100	INT	700
		MGC	710
STR	3(+15)	CHA	28(+68) (+8)
VIT	5(+17)	LUK	1
DEX	28(+53)		

【従魔】

ノルン……フェンリル　霊獣
ベル……フェンリル　魔獣

【スキル】

創造魔法……LV4
操剣魔法……LV4
魔法付与……LV9
技能付与……LV7
マルチタスク……LV6

剣術：抜刀術……LV1
狙撃……LV10
連射……LV6
騎乗……LV4
魔法効果増幅……LV3
威圧……LV2

魔法：光……LV9
魔法：闇……LV8
魔法：火……LV10
魔法：水……LV10
魔法：風……LV9
魔法：土……LV10
魔法：氷……LV8
魔法：雷……LV8
魔法：無……LV10

身体強化：魔力……LV1 使用時STR・VIT・AGI+10
結界魔法……LV5
魔力圧縮……LV3
魔力回復促進……LV9
魔力消費軽減……LV10
魔力循環……LV10

魔力操作……LV10
魔力感知……LV10
オートマタ作成……LV1
ゴーレム生成……LV6
ゴーレム制御……LV10
ゴーレム同調……LV5
魔道具作成……LV10
魔力剣作成……LV9
属性剣作成……LV9
魔剣作成……LV7
聖剣作成……LV0
調合……LV10 DEX+5
毒薬調合……LV1
鍛冶……LV10 STR・VIT+5
刀工……LV7 DEX+3
金属加工……LV10 DEX+5
鋼糸作成……LV8 DEX+4
革加工……LV10 DEX+5
木工……LV10 DEX+5
服飾……LV10 DEX+5
テイム……LV3
従魔同調……LV3
従魔強化……従魔の全ステータス10%上昇

ストレージ……LV —
生活魔法……LV10
鑑定……LV10
解析……LV3
隠蔽……LV6
偽装……LV6

警戒……LV10
危険察知……LV1
危険回避……LV1
探知……LV10
気配探知……LV1
忍び足……LV10
隠身……LV10 AGI+5
気配遮断……LV1
鷹の目……LV7
身体制御……LV10 DEX+5
料理……LV10 DEX+5
家事……LV10 DEX+5
礼法……LV6 CHA+3
詩歌……LV3 DEX+1
採取……LV10 DEX+5
農業……LV4 VIT+2

耐性：精神……LV10
耐性：空腹……LV6
耐性：疲労……LV9
耐性：痛覚……LV4
耐性：毒……LV3

淫乱……LV7 CHA+35
巨乳……LV4 CHA+20
魔性……LV1 CHA+10

魔法属性適正：全属性
魔法系統適正：盾・壁
成長補正：特殊

【装備】

ミスリルショートソード：魔剣・名剣……【全属性LV10】【攻撃強化LV8】【耐久強化LV8】
リザードマンウォーリアの皮鎧一式……【全属性LV10】【防御強化LV8】【耐久強化LV8】
ミスリルの手甲・脚甲……【全属性LV10】【防御強化LV8】【耐久強化LV8】【重量軽減LV8】【敏捷強化LV8】【疲労軽減LV8】
ミスリルの服……【全属性LV10】【防御強化LV8】【耐久強化LV8】【重量軽減LV8】
えっちな下着……【全属性LV10】【防御強化LV8】【耐久強化LV8】【重量軽減LV8】【魅力強化LV8】
ミスリルマント……【全属性LV10】【防御強化LV8】【耐久強化LV8】【重量軽減LV8】【隠身LV8】【隠蔽LV8】
伊達眼鏡……【隠蔽LV8】【偽装LV8】【気配遮断LV2】
魔剣……多数

ノルン

【種族】フェンリル　【職業】霊獣
【称号】レンの保護者　【年齢】54歳
【身体特徴】灰毛　黒目

HP	1950/1950	AGI	65(+40)
MP	1300/1300	INT	45
		MGC	60
STR	55(+49)	CHA	15(+1)
VIT	50(+34)	LUK	15
DEX	30(+4)		

【スキル】
守護者……LV1
主人の危険時に全ステータス10%上昇
咆哮……LV5
威圧……LV6
憤怒……LV3
STR+15
魔法：水……LV5
魔法：風……LV10
魔法：氷……LV8
魔法：雷……LV8
身体強化：魔力……LV3
使用時 STR・VIT・AGI+30
魔法剣……LV5
アイテムボックス……LV3
必殺……LV8 DEX+4
警戒……LV10
危険察知……LV8
危険回避……LV4
探知……LV10
気配探知……LV7
忍び足……LV10
隠身……LV10 AGI+5
気配遮断……LV5 AGI+2
奇襲……LV6 AGI+3
剛力……LV2 STR+4
忍耐……LV2 VIT+4
俊足……LV10 AGI+20
統率……LV3 CHA+1

魔法属性適正：水・風・氷・雷

ベル

【種族】フェンリル　【職業】魔獣
【称号】ノルンの娘　【年齢】4歳
【身体特徴】白毛　黒目

HP	300/300	AGI	23(+14)
MP	280/280	INT	22
		MGC	25
STR	19	CHA	12
VIT	21	LUK	10
DEX	15		

【スキル】
魔法：水……LV3
魔法：風……LV3
魔法：雷……LV4
警戒……LV6
探知……LV6
忍び足……LV10
隠身……LV6 AGI+3
奇襲……LV3 AGI+1
俊足……LV5 AGI+10

魔法属性適正：水・風・氷・雷

リリー・アルムフェルト

【種族】人族
【職業】Dランク冒険者
ハイウィザード
ウェイトレス
【年齢】14歳
【身体特徴】明るい金髪　青目

HP	80/80
MP	180/180
STR	5
VIT	8
DEX	9(+4)
AGI	8
INT	23
MGC	33
CHA	12(+2)
LUK	15

【スキル】

魔法：光	LV4	魔力回復促進	LV1	
魔法：闇	LV3	魔力消費軽減	LV3	
魔法：水	LV4	魔力循環	LV4	
魔法：風	LV4	魔力操作	LV5	
魔法：無	LV5	魔力感知	LV6	
回復魔法	LV3	生活魔法	LV4	
結界魔法	LV4	料理	LV4	DEX+2
魔法剣	LV3	家事	LV4	DEX+2
強化魔法	LV4	礼法	LV3	CHA+1
		侍従	LV2	CHA+1

魔法属性適正：光・闇・水・風・無

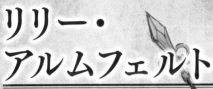

サレナ・アルムフェルト

【種族】人族
【職業】魔導師
冒険者ギルド職員／ハイウィザード
【年齢】16歳　【身体特徴】金髪　深い青目

HP	100/100	AGI	10
MP	250/250	INT	29
		MGC	25
STR	6	CHA	15(+2)
VIT	9	LUK	12
DEX	10(+2)		

【スキル】

魔法：光………LV4
魔法：闇………LV4
魔法：火………LV3
魔法：土………LV3
魔法：氷………LV3
魔法：雷………LV5
魔法：無………LV2

魔法剣…………LV4
弱化魔法………LV3
魔力消費軽減…LV2
魔力循環………LV3
魔力操作………LV3
魔力感知………LV3

生活魔法………LV5
家事……………LV4　DEX+2
礼法……………LV4　CHA+2

メシマズ………LV10

魔法属性適正：光・闇・火・土・雷・氷

アリサ・ハミルトン

【種族】人族

【職業】Dランク冒険者／フェンサー／ウェイトレス

【年齢】14歳

【身体特徴】青髪　濃い青目

※イラストはウェイトレス時のもの。

HP	150/150	AGI	18(+16)
MP	30/30	INT	15
		MGC	8
STR	8	CHA	11(+3)
VIT	10	LUK	11
DEX	12(+2)		

【スキル】

ハミルトン流戦闘術……LV5
剣術：片手剣……LV4
剣術：細剣……LV5
短刀術……LV3
小盾術……LV4
体術……LV3
闘気……LV0
練気……LV1

カウンター……LV4
受け流し……LV4

生活魔法……LV3
必殺……LV3
警戒……LV5
危険察知……LV1
見切り……LV3
探知……LV4
気配探知……LV2
忍び足……LV4
隠身……LV3 AGI+1
気配遮断……LV2 AGI+1
俊足……LV7 AGI+14
家事……LV2 DEX+1
礼法……LV4 CHA+2
侍従……LV3 CHA+1

ベクター・ゲオルギウス・オストラト

【種族】人族
【職業】Aランク冒険者／ブレイバー／ハイウィザード／レンジャー
【称号】ゲオルギウス王国公爵 オストラト公／
ゲオルギウス王国第二王子／亜竜殺し
【年齢】19歳　【身体特徴】暗い赤髪　暗い赤目

HP	850/850	AGI	15(+40)
MP	540/540	INT	21(+20)
		MGC	28
STR	16(+36)	CHA	15(+12)
VIT	14(+50)	LUK	12
DEX	16(+8)		

【スキル】
ゲオルギウス流剣術……LV6
剣術：片手剣……LV6
剣術：両手剣……LV6
剣術：細剣……LV5
盾術……LV5
体術……LV4
闘気……LV2
練気……LV4

魔法：光……LV4
魔法：火……LV5
魔法：水……LV2
魔法：風……LV4
魔法：土……LV2
魔法：雷……LV1
魔法：無……LV3

身体強化：闘気……LV2 STR・VIT・AGI+20
身体強化：魔力……LV1 STR・VIT・AGI+10
回復魔法……LV3
魔力循環……LV3
魔力操作……LV5
魔力感知……LV7

生活魔法……LV3
警戒……LV10

危険察知……LV6
探知……LV8
気配探知……LV5
目利き……LV6
交渉……LV8
値切り……LV4
看破……LV4
隠蔽……LV6
偽装……LV4
権謀術数……LV2 INT+20
剛力……LV3 STR+6
忍耐……LV10 VIT+20
俊足……LV5 AGI+10
礼法……LV10 CHA+5
上級礼法……LV8 CHA+4
宮廷作法……LV6 CHA+3
楽器演奏……LV6 DEX+3
詩歌……LV5 DEX+2
舞踊……LV7 DEX+3

耐性：毒……LV5
耐性：精神……LV5

英雄の資質……LV3
勇者の資質……LV3

魔法属性適正：火・風・無・雷

【装備】
ミスリルの片手剣：最高品質 属性剣……【火属性LV2】
魔剣『ブレイザー』：アダマンタイト製・剛剣……【火属性LV6】【風属性LV3】【光属性LV1】
【攻撃強化LV3】【耐久強化LV5】【重量軽減LV3】
【ウェポンスキル：火焔竜】
魔盾『レックレス』：アダマンタイト製の魔法の盾……【無属性LV5】【結界魔法LV3】【防御強化LV3】
【耐久強化LV5】【重量軽減LV3】
隠蔽のマント……【隠蔽LV3】【偽装LV3】【隠身LV5】
ミスリルブレストアーマー……【無属性LV3】

Kラノベブックス

よくわからないけれど異世界《いせかい》に転生《てんせい》していたようです4

あし

2021年2月26日第1刷発行

発行者　森田浩章
発行所　株式会社 講談社
〒112-8001　東京都文京区音羽2-12-21
電　話　出版　(03)5395-3715
販売　(03)5395-3608
業務　(03)5395-3603
デザイン　浜崎正隆（浜デ）
本文データ制作　講談社デジタル製作
印刷所　豊国印刷株式会社
製本所　株式会社フォーネット社

ISBN978-4-06-522802-9　N.D.C.913　290p　19cm
定価はカバーに表示してあります

ファンレター、
作品のご感想を
お待ちしています。

あて先
〒112-8001　東京都文京区音羽2-12-21
(株) 講談社　ラノベ文庫編集部 気付
「あし先生」係
「カオミン先生」係

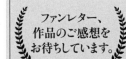